老いてお茶を習う

群ようこ

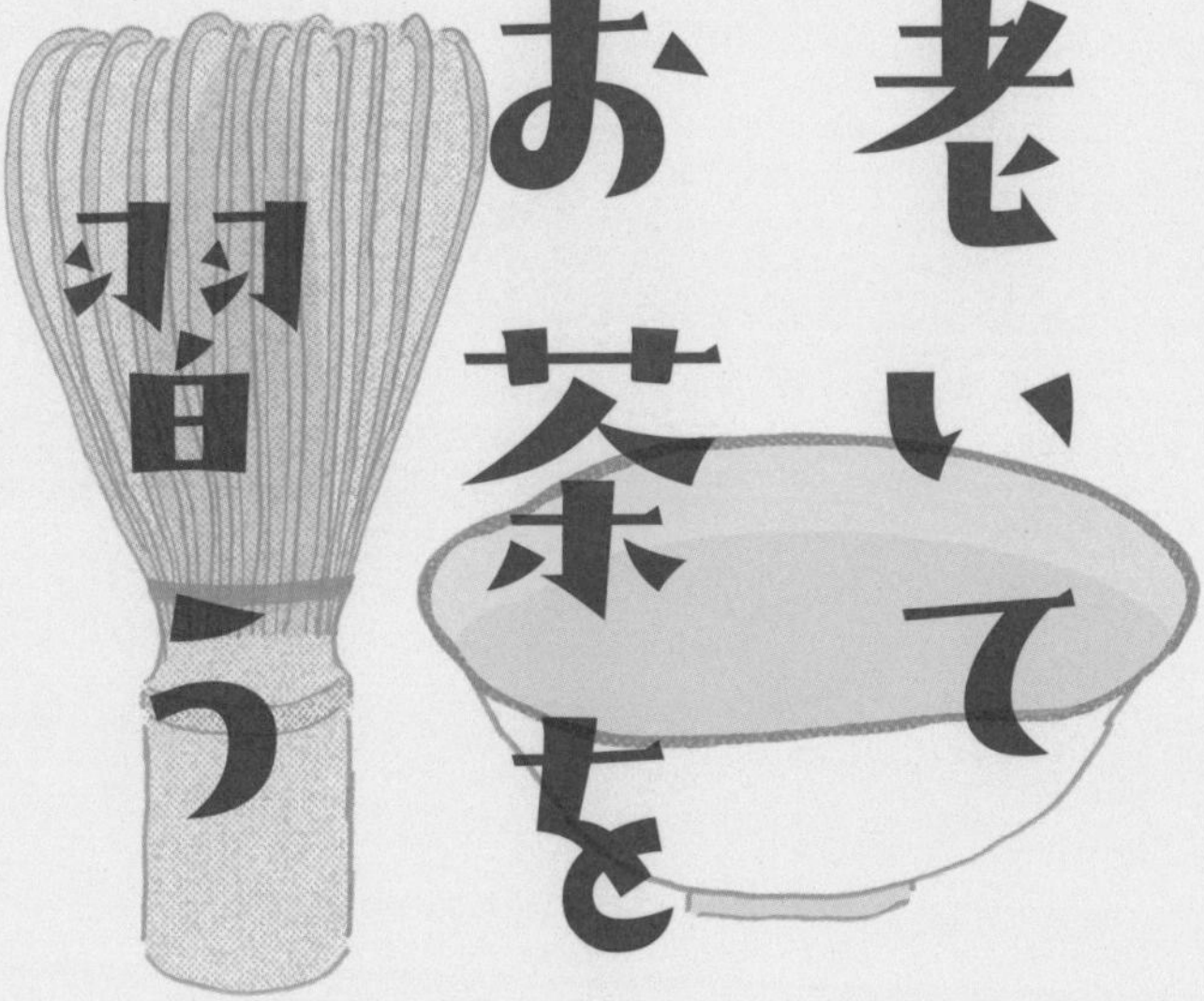

KADOKAWA

老いてお茶を習う

目次

装丁　須田杏菜
挿画　大塚文香

第一章　古稀の手習い

人生で二回しか触れたことのないお茶

齢《よわい》六十八にして、お茶を習うことになった。事のはじまりは、今から二十年以上遡《さかのぼ》るのだが、当時、私の担当編集者の女性と、還暦を過ぎたとき、自分たちはどうしているかといった話をしていた。私は、

「いつまで仕事をいただけるかわからないけれど、仕事があればずっと続けていると思いますけどね」

といった。私よりも二歳年上の彼女は、

「私はお茶の先生ができればいいなと考えているのですけれど」

というので、

「そうなったら、私もお弟子になる」

といったのである。

そしてそれから年月は経ち、おかげさまで私は仕事を続けられ、彼女も六十代後半で勤めを終え、茶室を披《ひら》くことになったとご連絡をいただいた。彼女の茶道の師匠が教室を閉じることになり、お道具類の一部を譲り受けてのことという話だった。当然、私はお弟子になるといったのを反古《ほご》にすることができなかった。やる気まんまんだったのだが、一緒に暮らしていた超高齢ネコの健康のことや、引っ越しの予定などが重なり、すぐにはお稽古《けいこ》にうかがえなかった。その後、老ネコを見送り、引っ越しも済ませ、仕事の段取りもつけて、やっと二〇二三年から、今は我が師匠となった彼女のところで、お稽古ができるようになったのだ。

私は着物は好きだが、それに関するお稽古事、たとえば日本舞踊、茶道にもまったく興味がなかった。特に茶道に関しては、決まった所作を、ただひたすら守るという

ところに魅力を感じず、

「抹茶なんて、自分で適当にぐるぐる混ぜて飲んでいればいいじゃないか」

と考えていた。茶道をしている男性は、きりっとしていて素敵だとは思ったが、女性がお点前《てまえ》をしているところをテレビや写真などで見ると、単なる私の感想だが、肘《ひじ》を横に張るような、着物を着ているときには、ふさわしくないと感じる所作もあって、そういった部分が気になっていた。


母は結婚してやめたものの、茶道を習っていたせいか、家には私が子どもの頃からずっと、抹茶、棗《なつめ》、茶筅《ちゃせん》、抹茶茶碗がいくつかあった。子どものときに、

「これは何?」

と聞いたら、

「なつめ。抹茶を入れるのよ」

と教えてくれた。それでたまに両親はお茶を点《た》てて飲んでいた。使わない平《ひら》茶碗に漬物を入れて、食卓に出てきたことも多々あった。私は竹製の泡立て器のような茶筅を、かしゃかしゃさせるのが面白くて、おままごとのときに真似した記憶があった。しかし茶道というものには興味がなかったのだ。

私が茶室という場所に足を踏み入れたのは、高校三年生のときだった。私の前の席に座っていた、茶道部の部長の女子が、文化祭で茶会を催すので、その日が近づくと私のほうを振り返り、

「絶対に来るのよ」

と毎日、圧をかけてきた。これは絶対に逃れられないと、気乗りはしなかったが、

「わかった、必ず行くから」

とうなずくと、彼女は、

「御菓子もあるからね」

と慰めるようにいった。もちろん御菓子の誘惑に負けて、はじめての茶室に足を踏み入れることになったが、校内に茶室があるのも知らなかったくらいなので、ひどいものである。

当日、茶室に入っていくと、部長の彼女は、

「わあ、ありがとう」

とものすごく喜んでくれた。こんなに喜んでくれるのだったら、来てよかったと思いつつ、畳の上に正座をして待っていると、後から同じクラスの男子が何人もやって

きた。そして神妙な面持ちで、正座をしている。私は隣に座った、柔道部のやたらと体の大きい男子に、

「どうして来たの？」

と小声で聞いたら、

「饅頭《まんじゅう》が食べられるって聞いたから」

といった。そして彼の隣、また隣に座っている男子たちが、私のほうを見て、うんうんとうなずいたのである。なぜかその時間帯は女子は私ひとりになってしまったが、部長が男女の関係なく、熱心に勧誘していたのがよくわかった。

（そうか、みんな私と同じなのだ）

しびれつつある足が気になりながら待っていると、部員たちが饅頭を持ってきて、私たちの前に並べた。すでに男子も私も、その饅頭に目が釘付《くぎづ》けだった。しかしいつ食べていいのかもわからず、一同で周囲をきょろきょろしながら牽制《けんせい》し合っていた。

「これ、いつ食べんの？」

隣の男子に聞かれたが、首を傾げて、

「さあ」

というしかなかった。暗黙の了解で、取りあえずは食べないで待っておこうということになり、目で饅頭に集中していると、すぐに部員が一列に並んで、私たちの前に抹茶を運んできてくれた。

「どうぞ、御菓子をお召し上がりください」

と丁寧に、それも同じ年代の学生からお辞儀をされるのにも慣れておらず、私たちは、

「あ、はあ、どうも」

とぺこぺこと頭を下げた。菓子皿には菓子楊枝《ようじ》が添えられていたが、部員の御菓子を勧める声を聞いたとたん、隣の柔道部が饅頭を指でつまんで、そのままぱくっと口の中に入れてしまった。それを見たお運び役の一年生はびっくりしたのか、「あっ」と声を出してしまった。さすがの私も楊枝で御菓子を切って食べることくらいは知っているので、

（あっ、やらかした）

と横目で見ていると、彼もさすがにこの場で不作法をしてしまったのがわかったのか、あわてて口の中に入れた饅頭をつまみ出して、皿に戻そうとした。離れて様子を見ていた同級生の部長女子がとんできて、

「あ、もう、そのままでかまいませんから、お召し上がりください」

と勧めると、彼は小さく、

「はい、すみません」

と謝って頭を下げ、饅頭をあっという間に完食した。そして茶碗を手に私のほうをじっと見ているので、

「茶碗を右にちょっとずつ二回くらいまわしてから飲むらしいよ」

と、母親に教えてもらって、うっすら覚えている知識をささやくと、

「おお、わかった」

とうなずいて、そのとおりにして抹茶をごくごくと飲んだ。列の端のほうは、

「何だって？」「どうすんだ？」「右に回すとか聞こえたぞ」

と茶碗を持ってうろたえていた。すると彼から、

「右に少しずつ二回くらいまわせばいいらしい」

という情報が、あっという間に伝わり、一同はいわれたまま、そのようにして、無事、抹茶をいただき終わったのだった。もちろんその後は、しびれとの闘いで、私は何とか歩けるようになったが、男子たちは畳の上で悶絶《もんぜつ》していた。

二度目は今から三十年ほど前に、明治《めいじ》神宮で着物の展示会があり、そこで「お茶でもどうぞ」と声をかけていただいた。とにかく茶道の流儀など何も知らないので、

「作法を知らないで、お茶室にうかがうのは失礼になるのでは」

と固辞したのだけれど、

「正式なものではないので、気楽にいらしてくだされぱいいです」

といわれて、茶室に足を踏み入れたのである。お点前をしてくださる女性の亭主《ていしゅ》の方に、ひとつひとつ作法をうかがいながら、お茶と御菓子をいただいて帰ってきた。茶道というものに触れたのは、私の人生でこの二回しかなかった。

この方に茶道を習いたい

そんな私が、どうして茶道を習う気になったかというと、師匠が元担当者の彼女だったからである。私は二〇〇〇年、四十六歳のときに、三味線を習いはじめた。和物のお稽古は師匠選びがなかなか難しい。三味線を習いたいと思ってから、いろいろな方にリサーチしてみると、

「やっていたけど、やめた」

という人が結構いた。三味線、小唄、長唄そのものを嫌いになった人はおらず、理由は師匠や周囲の人々との関係性だった。何かといえばお金を要求される、口三味線《くちじゃみせん》を全部いえるようになるまで、三味線を持たせてもらえないなど、習う側からすると、辛《つら》い話も多かった。しかし私が教えていただいた師匠はそんなことはなく、毎回、面白くそして厳しく教えていただき、三味線を持ったこともなかった私を、小唄の長い曲を舞台で弾けるようにしてくださった。

茶道も同じだろう。もちろん様々な方がいらっしゃるので、師匠の性格がある人には合っても、ある人には合わないのは仕方がない。しかし根本的に、「この方ならば」という部分がないと、新しい一歩は踏み出せない。

「この人になら、茶道を教えていただきたい」

強くそう思った。おまけに茶道は着物が大きく関係しているし、着物でマウントを取ってきたり、助言ではなく陰口めいたことをいったりするような人たちがいると、一気にお稽古への興味も冷めてしまう。もちろん彼女はそんな性格の方ではなかった。すでに教室開設当初から習っている兄弟子は、私が三十歳のときに連載でお世話になった闘球《とうきゅう》氏だし、姉弟子は私よりも年下の方で、異動で仕事をご一緒する機会はなかったけれど、ある時期は私の担当編集者だった白雪《しらゆき》さんだった。着物を着て一緒に食事をしたこともあった。つまりみなさん顔見知りで、いやな人が一人もいない環境だったのである。

「ここで茶道を習わないで、いったいどこで習うというのだ！」

私はすぐに現師匠にメールを送ると、とても恐縮され、

「一度、見学にいらして、それからお決めになったほうがいいのでは」

といってくださった。私としてはやる気になっていたが、

「それでは見学にうかがいます」

とのちほどスケジュールを調整して、ご連絡する旨の返事をしておいた。

その二日後、編集者の梅子《うめこ》さんと打ち合わせの食事会があった。食事を終え、場所を替えてお茶を飲んでいるとき、

「実はお茶を習うことにしたのよ」

と話した。まだ見学もしていないけれど、そう宣言したのである。すると彼女が、

「えっ、どこで習うのですか」

と聞いてきた。以前、担当していただいた方が、教室をなさっているので、そこで

習うのだと師匠のお名前をいうと、彼女も知っていて、

「私も習いたいです！」

という。私は茶道を習う目的として、若い頃は、「不調法ですので」といって何とかごまかせても、ある年齢になったら、最低限の事柄は知っていた方がいいと思っていた。名前をいただきたいとか、そういうことではなく、基本を身につけたいという気持ちがあったからだった。すると梅子さんも、

「そうなんですよね」

といい、初心者の仲間がいると心強いので、それでは二人で見学にうかがうことにしましたと、師匠に連絡したのである。

師匠からは、闘球氏と白雪さんは、午後から夕方まで、五、六時間熱心にお稽古をなさっているとメールがきて、

（えっ、そんなに長い間やるの？）

と驚き、早速、梅子さんに連絡をした。

「とてもそんな長い時間はできないわよね。どうしましょう」

私は時間はどうにでもなるが、梅子さんはお仕事があるので、時間の制約がある。

ともかくお稽古はその時間枠内での話だろうと、私たちは判断して、見学の日を決めた。師匠からは、

「必ず手ぶらでいらしてくださいね」

といっていただいた。そして着物であれば白足袋でいいのだけれど、洋服の場合は茶室に入るための白い靴下を、必ず持ってきて欲しいといわれたのだった。

見学の日にちまで少し間があり、私のなかでは見学をしてやめるという選択はなかったので、お稽古には着物で行ったほうがいいのだろうかと考えた。これまで着物を買うときは、好き勝手に自分の好みのものを買っていた。小唄と三味線を習うようになってからは、内輪の発表会や、ホールでの会の際に、呉服売り場の担当の方に、

「これは絶対作っておいてください」

といわれ、そんなもんかなあと思いながら死蔵していた数少ない紋付がとても役に立った。三味線のお稽古のときは、師匠が、

「木綿でも紬《つむぎ》でも何でもいいから、着物でいらっしゃい」

といってくださっていたので、手持ちのなかから自分が着たい物を選んで通っていた。しかし茶道は少し違うのではないかと考えた。いくらお稽古とはいえ、守らなくて

はならないものがあるのではないかと、いろいろと本やインターネットで情報を集めていると、お稽古は紬でもよいという人もいれば、よろしくないという人もいる。ふさわしいのは小紋だろうが、私は織の着物ばかりで、いわゆる柔らかものといわれる染めの着物はほとんど持っていないのに等しかった。無地っぽいものは趣味的な柄行きの江戸小紋がほとんどだし、他は全体的に大きな柄が染められているもので、シンプルな茶室にはふさわしくないような気がした。

それに伴い、帯も紬に合うようなものばかりで、街着にはいいけれど、茶室にはいまひとつ合いそうもない。お稽古にはやはり柔らかものに九寸帯がいちばんいいのだろうが、それらは私がいちばん苦手にしてきたものだった。ともかく見学の日は、茶室の様子から着物を判断しようと、洋服で出向くことにした。

お稽古を見学する

一月の下旬の寒い日、梅子さんと連れだって、教室にうかがった。闘球氏と白雪さんがお稽古をなさっている最中だった。お稽古がひと区切りついたときに、みなさんと「お久しぶりです」とご挨拶《あいさつ》をさせていただき、

「ど素人ですが、よろしくお願いします」

と頭を下げた。これまでお二人でしていたお稽古のなかに、自分たちが割り込んでしまうのも申し訳ない気持ちもあった。闘球氏は、

「一緒の仲間がいるといいんですよ。お互いに教え合えるから」

と白雪さんと顔を合わせてうなずいた。

「そうですね、二人でがんばります」

と私たちも顔を合わせた。

師匠から茶道の経験を問われ、私は過去の二度の話をし、梅子さんも、

「誘われるがまま、何度かお茶をいただいたことはあります」

と返事をしていた。四畳半の茶室には炉《ろ》が切ってあり、炭火の上の鉄釜《てつがま》の少し開いた蓋《ふた》の隙間からは蒸気が上がっている。外は寒かったが、室内はとても暖かい。炭を使うので水屋《みずや》にある換気扇が稼働し、ベランダに面した窓は、細く開けられていた。

近所のスーパーマーケットで買ってきた、学生用の白い靴下を履いて、先輩方のお稽古を四畳半ほどの茶室の隅に座って見学していると、あっという間に足の痛みに襲われた。実は正座に関しては、私はちょっと自信を持っていた。小唄と三味線のお稽古

の際に、それまで一分ももたなかった正座が、慣れて三十分、四十分やってもしびれなくなっていたからである。お稽古に通わなくなってから、ずいぶん経ってしまったが、正座をするのははじめてではないので、何とかなると、たかをくくっていたのである。

ところが以前のお稽古のときには感じなかったほど、足の痛みが尋常ではない。

そのときより、二十も歳を取っているので、もちろん体力的な問題もあるけれど、どうしてだろうかと考えてみたら、そのときはいつも座布団に座っていたのを思い出した。しかしここでは畳の上にじかに座る。足の下にクッション的なものが何もないのである。特にすねと足の甲がとても痛い。

（大丈夫か、私）

まだ寒い時期なので、ウールのワイドパンツの下にはタイツを穿《は》いてはいたが、そんなものは何の役にも立たなかった。

（うーむ）

と心の中でうなりながら、先輩方のお稽古をじっと見学していた。

炭手前を拝見する

何が何やらわからないうちに、どうやらお稽古がひと区切りついたらしい。

「足がしびれたでしょう。お点前《てまえ》のときは正座ですけれど、ずっと正座をしていなくてもいいですからね。どうぞ膝《ひざ》を崩してください」

師匠がそういってくださったので、遠慮なく横座りになり、

「いたたたた」

といいながら足をさすった。しばらくすると、闘球氏が炭が入った籠《かご》を手にして入ってきた。白い炭も見える。そして籠を炉の右に置いて、いったん退出した。次に懐に半紙の束のようなものを入れ、平たい器を持って再びお茶室に姿を現した。

「これから炭手前《すみてまえ》をします」

師匠の言葉にまた正座をし直した。

籠の中から大きな鳥の羽のようなもの（羽箒《はぼうき》）、火箸《ひばし》、金属製の輪や、香合《こうごう》などを出して並べていたが、そこにもきちんと順番や置き場所があるようで、師匠が「もうちょっと右」「もう少し左」と指示していた。釜の蓋を閉めて、釜の両側の穴に金属製の輪をはめこんで持ち上げて、その釜を懐から出した分厚い半紙の束の上に置き、

釜の下の炭を足す作業が行われた。

大きな鳥の羽のようなもので、まず炉の縁を払う。それも適当にぱっぱと払えばいいわけではなく、炉縁《ろぶち》の正方形の右辺を手前、やや離れたところと二回、炉の中に向けて払い、向こう側の辺と左辺は一気に拭《ふ》くようにし、手前の辺は左から、右側に移動しつつ、三回払う。炉の中に灰が敷きつめられ五徳《ごとく》が置いてある。炉縁よりも七センチほど低く段になっている向こう側の左角から右角を通り、手前右まで一気に、そして向こう側の左角から手前の左角、右角までを一気に、合計八手で掃いていた。

「これは初掃《しょば》きといいます。本来ならば、ここで正客《しょうきゃく》から順番に炉の近くまで寄って、炭を継ぎ終わるまで拝見させていただくのですけれど、今日は省略しますね」

こういうことまで拝見するのかと思いつつ、じっと闘球氏の手元を眺めていたが、中の様子を知りたくて、ついつい前のめりになって、観察してしまった。炭を扱うのは火箸なのだけれど、それを畳の上でついて持ち直すのはちょっとびっくりした。最初はともかく、炭を触った後は畳が焦げないのかと心配になる。

後で持ち出した平たい器には、灰が入っていた。中に入れてあった匙《さじ》でその灰を撒《ま》いているのだが、灰を撒く場所の違い、ずっと同じではない灰匙の持ち方、撒《ま》き終わったときの器の中での灰匙の置き方まで決まっているようで、こちらも師匠が細かく指示している。

お茶のお点前だけでも大変なのに、炭手前が加わったらどうなるのだろうかと、だんだん頭がいっぱいになってきた。私の脳の記憶が入るスペースはすでにほとんどなくなっている。

再び闘球氏は羽を取り、さきほどの初掃きと同じ手順で掃いた後、五徳のツメを三手で掃いた。そして左手に火箸を持たせ、右手でいちばん太い炭を取って、直に炉の中に入れた。それも適当に置いてよいわけではなく、ふさわしい置き方があるようなのだった。その後、太さや形状が違う、やや細い炭を何本か継いでいくのだが、師匠が炉の中をのぞきながら、

「そちらを右に動かして、その炭は胴炭《どうずみ》にもたせかけるように置いて。空気が流れるように隙間を作ってください。枝炭《えだずみ》はその炭に添えるように」

と指さしている。白い炭が枝炭というのがわかった。火箸を籠の中に戻し、羽で初掃きと同じように掃いて、羽を籠の上に戻した。

（これで炭手前は終わったのか。えらいことだ）

とため息をついていると、闘球氏は次に香合を手にして蓋を開け、また火箸を畳の上でついて持ち直し、中に入っている黒い小さな三角錐の練香《ねりこう》を炉の中に入れた。炭に触れると焦がしてしまうので、少し離して炉の中に入れるのだそうだ。

「お香合の蓋を閉めるのが、拝見のお願いの合図なのですが、今日は省略します」

「わかりました」

と返事をするだけである。私はお茶の道具の中に、香合があるのは知っていたが、それは床の間に置く飾り物だと勝手に考えていた。実は練香を入れるもので、練香には炉の中で温めて香りを漂わせる役目があるというのを、はじめて知った。はじめてのことばっかりだ。炉をのぞきこんで見ているので、前のめりになり、足のしびれが少し軽減されたのがうれしい。とにかく見る物すべてが、「へええ」だった。だんだんお香のいい香りが漂ってきた。釜を炉に戻し、鉄釜からはゆっくりと蒸気が出ている。単純に、面白そうとか、興味深い、ではなく、その場にいて、大げさにいえば、魂が喜んでいるような気がしてきた。理由もわからず、この場にずっといたいという気持ちが出てきた。

「このような感じでやっていますけど、おやりになりますか」

師匠に聞かれて私と梅子さんはほぼ同時に、

「やります。よろしくお願いいたします」

と頭を下げた。

「それでしたら、まず必要なものをさしあげましょう」

と師匠は「お年賀」と自筆で書いてある、結び切りの水引の柄がついた封筒をくださった。中には干支のうさぎの透かしが入った懐紙《かいし》二帖と、小さな扇子（茶扇《ちゃせん》）が入っていた。

「茶扇は茶室に入るときに、必ず持参してくださいね。これは体の前に置いて、結界といいますか、あちらとこちらを分けるものです。それと初心者は帛紗《ふくさ》を捌《さば》くときに柄があるほうがわかりやすいでしょうから、こちらをお使いください。しまいこんでいたもので、箱はちょっと古びていますけど、中身は新しいものですから」

と二つの箱を持ってきてくださった。箱を開けると、帛紗が入っていた。私のほうに若向きのパステルカラーの柄のものがきたので、

「梅子さん、こちらのほうが若向きでいいんじゃない」

と勝手に交換してしまった。彼女には白地にピンクや若草色の柄、私には卵色の地

に緑、紫、黄土色の柄のほうが合っている。

「今はまだ必要はないですけれど、お濃茶の時に使う古帛紗《こぶくさ》も必要になってくるのですが、それはまた、おいおいご用意ください」

闘球氏と白雪さんが、自分の数寄屋袋《すきやぶくろ》や懐紙入れ、古帛紗などを見せてくださった。男性用の懐紙は女性用よりもやや大きい。袋の中には、帛紗、古帛紗、懐紙、菓子切りなどが入っていた。なるほど、そういったものが必要なのかとあらためて知った。

「早速で失礼ですが」

と師匠から、私と梅子さんのそれぞれの名前が書かれた月謝袋をいただいた。それを眺めていると、これから茶道を習うのだなという気持ちがつのってきた。

見学といっても、先輩が亭主になってお点前をしてくださるので、こちらは客になるわけだけれども、ともかくわけがわからないし、失礼がないようにと、ぺこぺことやたらとお辞儀をしまくりそうになった。もちろん師匠が、

「はい、ここでお辞儀をします」

などと教えてくださるのだが、しなくてもいいところでお辞儀をし、する必要があるところでぼーっと座っていたりするので、とても難しい。

師匠が、

「今日はご見学ですので、こちらをどうぞ」

と干菓子《ひがし》盆を持ってきてくださった。色のきれいな半透明の白と赤の氷のような御菓子で、琥珀《こはく》糖とのことだった。薄茶のときには干菓子、お濃茶のときは上生などの主菓子《おもがし》が出るという。

「目の前に畳の縁《へり》がありますね。その縁の向こう側を縁外《へりそと》、内側は縁内《へりうち》といいます。御菓子が縁外に置かれていますね。今日はお隣に梅子さんがいらっしゃるので、『お先に』とご挨拶してください」

師匠にいわれて、つい体を左隣の梅子さんのほうに向けて、向かい合わせでお辞儀をしようとすると、

「体はまっすぐのまま、首だけ向けてください」

と教えていただいた。

「そして干菓子盆を押しいただいて、懐紙を出してその上に御菓子を取ります。縁の上には何も置いてはいけませんよ」

なるほど、と師匠に教えていただいたとおりにして、御菓子をいただいた。干菓子

は手でつまんでそのままいただいてよいらしい。外はやや固いけれど、中が柔らかいほどよい甘さの花氷だ。

食べ終わった頃に、闘球氏が点ててくださった薄茶が運ばれてきた。

「本当はいろいろとお作法があるのですけれど、私が持ってきますね」

師匠が茶碗を縁外に置いてくださった。

「お茶碗の右横を持って、まず縁内のお隣との間、きっちりした半分じゃなくていいのですよ。そこに置いて、『お先に』とご挨拶します。次に右手で茶碗を自分の縁内の正面に置いて、亭主に『お点前、頂戴いたします』とお辞儀をしてください。そして右手でお茶碗の右横を持って、左手で受けます。そして押しいただいてから、正面を避けるために、右斜め向こうを持って、右回りに二度ほど回します。あまりぐいぐい回しすぎると一回転しちゃいますから、それはだめですよ。三口半ほどで飲み終わったら、親指と人差し指で、飲み口をぬぐって、指は懐紙で拭きます。そして左手で受けたまま、今度は右手で左回りに二回、回して正面を戻します。そして縁外に茶碗を置き、両手をついて、茶碗の全体を拝見してから、両肘を両膝の上にのせて、手に取ります。高い位置に持ち上げると、お茶碗を壊す可能性があるので、なるべく低い位置で拝見するためです」

「はあ……」

というしかない。お茶を正式にいただくのも、拝見するのに慣れておらず、両肘を両膝につく姿勢のほうが、不作法のような気がして、つい背筋を伸ばしたままお茶碗を拝見しようとして、持ち上げそうになるが、それは厳禁なのだった。

「闘球さんの点てたお茶は、おいしいんですよ」

白雪さんが感心したようにいった。

客だからと御菓子、お茶をいただいて、のんびりしていていいわけではない。たまたま上座に座っていた私は正客《しょうきゃく》という立場らしく、亭主が建水《けんすい》という器にお茶碗を清めたお湯を落としたのと同時に、これで十分いただいたとなったら、

「どうぞ、おしまいを」

と軽くお辞儀をしながら声をかけなくてはならない役目がある。それをしないと、亭主は延々とエンドレスでお茶を点てるシステムになっているのだそうだ。

(それは大変だ)

と思いながら、師匠に教えていただいたとおりに声をかけると、亭主の闘球氏は目

の前に茶碗を置き、

「それではおしまいにいたします」

とお辞儀をした。その後、亭主は後片づけをし、退出するわけなのだが、「拝見」というものがある。さっき、飲んだ後のお茶碗を拝見したけれどと思ったが、棗、茶杓なども拝見するのだという。はっきりいって私は何が何やらまったくわからない。陶器や漆器に関しても極うっすらとした知識しかない。あとで拝見の問答を白雪さんが見せてくださるというのだが、客が拝見している間は、亭主はその場にはいない。頃合いを見計らって出てきて、道具類を拝見し終わった正客からのみ、たずねられた事柄に対して答えるのだそうだ。茶道ではお茶の入ったものがいちばん偉いので、正客がたずねる際も順番があるらしい。

お道具を拝見する

「ではちょっとだけ練習ね」

師匠が棗を手にとって、縁外の私の目の前に置いた。手に取ろうとすると、

「お辞儀をしてください」

と師匠からいわれた。亭主は水屋《みずや》にいて席をはずしているので、目の前にはいない。

「えっ、誰にですか」

「このお道具に」

師匠は棗を指さした。ああ、なるほどと納得した。茶道に関するお道具には敬意を払わなくてはならない。三味線を習っていたとき、歌ったり演奏したりする前に礼をするのは、目の前にいる人に対してだけではなく、この曲を作ってくれた人、歌い継いできた先人たちに対して礼を示すのだと、三味線の師匠が教えてくれた。それと同じく、茶道に関わるすべてのものに、礼を尽くすということなのだろう。

私は何もできないので、師匠が棗や茶杓を縁外に置いてくださった。そこに置いたままではなく、自分の右側の縁内に入れたり、また正面の縁外に出したりと、あっちこっちに置き換えるのも難しい。いわれる通りに、内に入れたり外に出したりしながら、お隣の白雪さんにお渡しした。全員が拝見し終わると、お道具類は炉の横に、亭主のほうに正面が向くように横に並べて戻される。そこで私のかわりに彼女が、戻ってきた亭主の闘球氏に、棗、茶杓についてたずねはじめた。

「お棗のお形は、お塗りは」

彼がその問いに答えているが、私には何をいっているのか、まったくわからず。

「お茶杓のお作はどなたでございますか？　御銘《ごめい》は」

実はそうではないのだが、闘球氏が茶杓の制作者は「わが師」と答え、師匠は、

「あら、まあ」

といって笑っていた。銘は聞いたが忘れてしまった。そして最後に、

「結構なお道具をありがとうございました」

と礼をして終わったのだった。

間をおかずにお道具の種類、銘についてあれこれたずねるのが、まるで質問攻めのようだと感じたので、

「あんなに次々と、たくさん質問するものなのですか」

とたずねると、師匠が、

「亭主はこの席のために、すべてのものを気合いを入れて選んでいますから、どちらかというと、『これを見て！』『何でも聞いて欲しい』という気持ちがあるので、お道具を見ていただいて、聞いてもらったほうがうれしいのですよ」

とおっしゃった。それは客人に対して、口に触れるものでもあり、素性のわからな

いものはお出ししないという責任の現れなのだろうが、あんなに流暢《りゅうちょう》に、棗の塗りとか茶杓の作者や銘とか、とても答えられそうにない。それとも慣れればできるのだろうか。と自分自身への不安はつのるばかりだった。でもこの場にいることがうれしいのだった。しかし相変わらず足は痛い。そのうえ覚えることが山ほどあるなあと、あらためてこれから先の山の高さをかみしめた。

御菓子をいただく

「御菓子もありますから、お濃茶も飲んでいってくださいね」

師匠が勧めてくださり、今度は白雪さんがお濃茶を点ててくれることになった。新型コロナウイルスの感染拡大のため、茶道のお稽古では、回し飲みをするのがはばかられる状況になっているそうだ。私たちもお稽古では、お茶や御菓子をいただくとき以外はマスク着用である。師匠は廊下を通って水屋に行き、主菓子をお盆にのせてもってきてくださった。それはとらやのきんとんだった。

「どうぞそのまま、召し上がってください」

御菓子も感染拡大の影響で、銘々皿にのせられている。

「懐紙を出さないで、そのまま食べてくださって、かまいませんよ」

といわれたので、ちょっと気が楽になった。

「御菓子がおいしい」

闘球氏が喜んでいた。品のいい甘さにうっとりしていると、黒の楽茶碗《らくちゃわん》が運ばれてきた。

「楽茶碗のときは使わないのですが、他のお茶碗のときは古帛紗の上にお茶碗を置いて使うのですよ。それもこれからのお稽古でやっていきましょう」

御菓子のおいしさと、お薄《うす》とは違う、はじめての濃茶のねっとりとした味わいにぼーっとしつつ、

「はい、わかりました」

と返事をした。返事はしたものの、基本的には何もわかっていないのは同じである。

「お濃茶は、ひとつの茶碗で回し飲みをするのですが、飲み終わった後に飲み口を清めます。それは懐紙をたたんで拭きます」

師匠がそういうと闘球氏がたたみ方を教えてくれた。最初から懐紙は二つ折りになっているが、それを縦半分に折る。そして短冊形になったその長辺を半分、またその

半分と折っていき、縦四分の一の大きさにたたむと、四・五センチ×三・五センチほどの四角になる。折り目は三つあるわけだが、その折り目の部分を茶碗の飲み口にあてて、三回拭くのである。こんな簡単そうなことなのに、なぜか拭くのに使っていない指までが抹茶でべたべたになってしまい、洗面所で手を洗う始末だった。

「干菓子をいただいた後、懐紙を裏返して持ち帰りますが、お稽古のときなら、特に汚れたりしていなければ、それをたたんで使うとよいですよ」

師匠がそういうと、

「こうするんです」

と闘球氏が再度、懐紙のたたみ方、清め方を実演してくれた。これだと懐紙を無駄遣いしないで済む。なるほどとうなずいていると、

「本来は紙茶巾《かみちゃきん》というものがあって、それを水で湿らせて、懐中するのですけれどね」

師匠が胸元からカードケースのようなビニール袋を出して、濡《ぬ》らした茶巾を見せてくださった。

「懐紙を折って使ってもかまわないと思います」

紙を無駄にするのに抵抗があるので、御菓子をのせたほとんど汚れていない懐紙を

折って作っておこうと考えた。

「二、三枚作って、懐紙の間に入れておけばいいんですよ。そうしたらすぐに使えますからね」

闘球氏がアドバイスをしてくれた。

帛紗を捌く

お濃茶のお点前が終わり、水屋にいた白雪さんが、闘球氏に声をかけた。二人が水屋で後片づけをしている間、師匠が、

「帛紗捌きをやってみましょう」

とご自身の橙《だいだい》色の帛紗を胸元から取り出した。師匠、兄弟子、姉弟子の帛紗は柄がない無地である。

「帛紗は三方が縫われていて、一か所が輪になっていますね。ここを『わさ』といいますが、これを必ず右側になるように両側を持ちます。そしてそのまま手を合わせるように向こう側に半分に折ります。右手をずらして横に持ちます。横長になりましたね。そしてまた向こう側に二つ折りします。そしてさっきと同じように、右手をずら

して横に持ちます。それを向こう側に二つに折って、バサバサの部分を右手で持って打ち返し、左の手のひらの上にわさが右側になるように縦位置に置きます。そしてわさの部分を右手でとり、懐に入れます。胸元には帛紗、古帛紗、懐紙をいずれもわさが下になるように重ねて入れておきます」

二つ折りを繰り返すだけなので、簡単と思ったものの、懐に入れる段になると、自分の右側にわさがくるはずなのに、そうではなくなっている。最初の持ち方を間違えていたらしい。

使うときはどうするかというと、懐から出した帛紗をわさが右側になるように左の手のひらにのせて、上の折りを手前の左端をとって開き、その正方形になった向こう側の右端の角をとって、右手で持ち上げると三角形に垂れる。それを左手をずらしながら、三角形を横にすると、逆三角形になるのだ。亭主になって茶を点てるときは、その三角形の両端を両手で持ち、向こう側に合わせて小さな三角形を作り、合わせた端を左手で持ち、右手で折り目を捌く。そして左手で、女性の場合は帯の左横に上からはさみ、男性は帯の下からはさみ込む。わさの位置の関係で、自分のほうに柄が見えてはいけないはずなのに、なぜか私の目の前には柄が見えている。

「あら、どうしちゃたのかしら」

師匠が私と梅子さんのそばについて教えてくださったが、簡単そうなのになぜ変なことになるのか、自分でも理由がわからない。

「あれ？　あれ？」

といいながら、何度かやって、何とか向こう側に柄がある逆三角形になった。

「まず基本の帛紗捌きをお教えしますね。それでは両手で持っている逆三角形から、左手の中指、薬指、小指だけを手前に出して、右手の肘を畳と平行に上げます。そして左手の端をはずして、折り目に沿って上に上げて、左手だけで握り込んで三つ折りにして、帛紗の半分ほどまで左手を下ろしたら、帛紗を親指を支点にして半分に折ります。その上に右手の人差し指で一の字を書いて、また半分に折ります。それを右手で持って左手の親指を抜きます」

師匠のお手本を見ても、

「はああ？」

というしかない。右手で持って垂れている帛紗を、何の台の上に置かないまま、左手を上下させ、指使いだけで三つ折りにしなくてはならない。そんなことできるわけないと思っていたら、戻ってきた闘球氏と白雪さんが一緒にやって見せてくれたが、きれいに三つ折りの二つ折になっている。師匠、先輩方のは帛紗の幅が一定になっているのだが、私のは右手で持っているほうが細く、下側が太くなり、とても不格好なのだ。梅子さんも私と同じように苦戦している。

「何度もやっていれば、そのうち慣れるから、大丈夫ですよ」

「そうですよ、慣れますから」

闘球氏と白雪さんは声をかけてくださったが、本当にあんなにうまくできるようになるのか自信はない。

「練習しているうちに、すぐにできるようになりますよ」

師匠の言葉にも、

「そうだといいんですけれど」

としかいえなかった。闘球氏と白雪さんはまだお稽古を続けるようで、お邪魔するのも申し訳ないので、私たちは失礼することにした。次週はお休みで、ちょうど二月からの入門になった。

「この本は古いので古書で手に入るかもしれません。手に入ったら、買っておいてください」

師匠が参考書として、『新独習シリーズ　裏千家茶の湯』（鈴木宗保・宗幹　主婦の友社）を見せてくださった。ハードカバーの厚い本である。

「多大なるご迷惑をおかけすると思いますが、どうぞよろしくお願いいたします」

私と梅子さんは深々と頭を下げて、お茶室を出た。お稽古中はお道具を傷つけないために、時計を外さなくてはならないので、外であらためて時間を見ると、三時間半も経っていた。最初は先輩方が五、六時間もお稽古をしていると聞いて、そんな長時間とびっくりしたが、それも可能なのかもと思った。茶室の中はまったく時間の経過が外とは違う。

「さあ、これからどうなりますやら、ね」

「本当ですね。でも楽しいです」

私と梅子さんは、この先の心配がありながらも、とてもいい気分で帰ってきたのだった。

第二章　やる気はあるが、座るのが難しい

足の痛みに効く道具を探す

その日の夜、お風呂《ふろ》に入るときにふと見たら、膝下《ひざ》と足の甲の畳に当たっていた部分が赤くなっていた。私の体重を正座した両足で支えているのだから、こういうことにもなるのだろう。とりあえず入浴中もその部分をさすり、上がってからはオイルでマッサージをしておいた。これが重なったら足に跡が残るのではと気になり、インターネットで調べてみると、茶道を習っている妻の膝を見たら、変色してあまりにかわいそうだったので、よい膝当てを探してあげようとする優しい夫のブログなどもあった。赤くなるのが度重なったら、正座のときに体を支えている足の部分が、変色するのは間違いないと納得できた。

膝が出るような丈のスカートなどは穿《は》かないので、変色していようがいまいが関係

ないのだが、やはり体に対するダメージは少ないほうがいい。次のお稽古《けいこ》まで二週間あるので、まず探したのは、足の痛みを改善してくれるものだった。インターネットで探すと、膝当てというものがあった。膝をつく作業などに使えるものらしい。コメントを見てみると、茶道のお稽古に使っている人もいた。そうか、こういった物が使えるのかと、早速注文してみたら、ものすごくごっつい厚みのあるものが届いた。

そのカーブがついたものは、膝の上にうまいこと、かぽっと収まり、上下は十センチほどの幅広のゴムでずれないようになっている。試しにそれをつけて床に膝をつくと、まったく痛くはないのだが、あまりにごつくて、これを着物や洋服の下に装着するのはどうなのかと首を傾げた。他に、もっと薄くて効果があるものはないかと探して注文したら、勘違いをしてバレーボール用の膝当てが届いてしまった。前に買ったのが左右二枚入りだったので、今度もそうだろうと思っていたら、一枚入りだった。これもまた前にも増して厚みがあるしとても固く、前に買ったものよりひとまわり大きい。指先で叩《たた》いてみると、コンコンと固い音がする。あれだけの速さのボールを、転がったり膝をついたりしてレシーブするのだから、これくらいのガードがないと、膝がもたないだろう。しかし茶道のお稽古に使うにはあまりに固いし、ごつすぎる。

顔の前に持ってきたら、防具になりそうなほどで、これを両膝につける勇気はなかった。

とにかく足の痛みを軽減しなければはじまらないと、探しまくったら新体操用の膝当てがみつかった。薄手で装着しても表には響かないようだし、これはいいと注文してみた。すぐに届いたが、これがあまりに小さくて私の太い足になかなか入らない。無理やり膝までずりあげてみたが、とにかく膝をガードしているというよりも、膝および、上下の肉を締めつけているといったほうがいいサイズだった。考えてみれば新体操のお嬢さんたちはあの細さなのである。一時は、選手たちの痩《や》せすぎが危惧《きぐ》されていたような競技である。そんな極細の人たちが足につけるものが、古稀《こき》が目の前の私の太い足に入るわけがない。肘《ひじ》当てにはちょうどよさそうだったが、その用途は特にないので、色と素材は満足しているのにと、残念でならなかった。

もしかしたら茶道関係で何か扱っているかもと、裏千家の茶道の本をたくさん出している淡交社のサイトを見たところ、新製品で「楽々正座くつした」というものを売っていた。正座のときに体重がかかる、すねと伸ばした足の甲も痛いので、梅子さんの分も含めて、思わず三足セットを二つ買ってしまった。足の甲が痛くなくなるだけでもましだろう。ついでに膝当てもあったので、それも注文した。この会社のサイトには「楽々正座くつした」をはじめ、空気を入れて使う正座椅子もあったほどだから、茶道を学ぶ多くの人が足の痛みに悩んでいる証拠だろう。私は特に膝自体にはトラブルがないので、すねや足の甲が痛くなければ、正座をするには問題がない。畳生活の昔の人は、足がしびれたりしたのだろうかと想像した。

持参する道具を揃える

これで足の痛みが改善するといいのだがと願いつつ、次に先生から指定された本を探すと、ほぼ新本に近いものが見つかったので、それを注文したら、翌日に届いた。見学のときに、懐中《かいちゅう》する際の、帛紗《ふくさ》のたたみ方を教えていただいたものの、何がなにやらわからなかった。しかしこの本の帛紗を「懐中するときのたたみ方」の項を読んでいたら、「模様のあるときは、左向こうかどに自分から見えるように持つ」と書いてあって、「おおお」と感激しながら、蛍光鉛筆でラインを引いておいた。これで懐中するときだけは迷わなくて済む。

あと必要なのは、お稽古に必ず持参しなくてはならないものを入れるための数寄屋袋、そして古帛紗と菓子切り、洋服でお稽古をするときのための長めのベストである。

座ったときに膝の中程まで丈がカバーされるので、少し安心できる。見学にうかがったときは闘球氏と白雪さんは洋服で、二人ともその上にV衿《えり》のベストを着ていた。V衿の左側の裏にポケットがついていて、着物の懐のようにそこに懐紙などを入れられるようになっている。インターネットで購入したとおっしゃっていたので、検索してみたが、残念ながら同じものは見当たらなかった。他にもお稽古用のベストでも丈が短いものがあったのだが、長いほうが安心できるので、価格が中程度のものを購入した。

次は古帛紗と菓子切りである。古帛紗は価格の幅が広く、私が見たなかでは三百八十円から九万円以上のものまであった。もちろん何万円もするものを、超初心者の私が持つ必要はないけれど、あまりに安っぽいのも避けたい。柄もたくさんあるので、どれを選んでいいのかわからなかったのだが、「お道具の柄とかぶると亭主に失礼なので、古帛紗は柄違いのものを三枚ほど持参したほうがよい」と書いてある本を見た。よく花見に桜の柄の着物や帯を身につけるのはよろしくないといわれていたが、今はよほどうるさい人でない限り、そんなことはいわなくなった。私も花見に桜の着物や帯をしている人を見ても、何とも思わない。しかし茶道については、亭主が選んだ道具に対して、客が持ってきた物の柄や身につけているものがかぶるのは、やはり今でも避けるべき問題なのだろう。そのために複数枚の古帛紗を持つ配慮も必要なのだと勉強になった。

といっても私は超初心者だし、御茶席に呼ばれる機会もほぼないと思われるので、お稽古のみに使う、ほどほどの値段であまりお道具の邪魔をしないようなものを一枚と、三千円から四千円程度のものでいいかなと思い、どんな着物にも合いそうな、白地の古典柄の古帛紗を選んだ。四角形の三方を縫うだけなので、いずれ自分で作れそうな気もしてきた。菓子切りは、師匠のところで黒文字《くろもじ》を出され、いろいろと検索してみると黒文字が主流のような気がしたので、買おうとしたのだが、三寸、三・五寸、四寸など、菓子切り用として何種類かの長さがある。これはどうすればいいのだろうかと悩んだ結果、三寸と三・五寸のものを買った。もし使わなくても家で使うこともあるだろう。

数寄屋袋はたまたま三十パーセント引きのクーポンを持っていた店で、雨龍間道《あまりゅうかんとう》のものがあったのでそれと、同じ雨龍間道柄のステンレス製の菓子楊枝つきの楊枝入れがあったので購入した。黒文字がいいのかステンレスでもいいのか、師匠に聞いてみよう。これらが揃えば、お稽古に通えるので、早く届かないかなと心待ちにしていた。

こちらも注文して三、四日ですべての品物が届いた。三寸の楊枝はちょっと短かった。楊枝入れについていたステンレス製の菓子切りは、十・五センチの長さだった。三・五寸のものが合うのだけれど、御菓子をいただいた後、黒文字を懐紙にくるんで持ち帰ったとしても、それは次回には使えない。おまけに黒文字は使う前に十分ほど水に浸けておいたほうが、菓子がくっつかないとあったので、事前の手間もかかりそうだった。すべて次回、「師匠、兄弟子、姉弟子に聞いてみよう」である。数寄屋袋に必要なものを入れると、形だけは整った。

軽やかに動く？

問題はやはり正座である。「楽々正座くつした」を取り出すと、甲の部分がパイルでちょっと分厚くなっている。なるほどと思いながら、それを履いてフローリングの上に座ってみると、たしかに普通のソックスよりは楽なような気がした。私は早速、梅子さんに「こんなものがあった」とメールをして、品物を送った。とにかく足の痛さが何とかならなければ、何事もはじまらない。正座はあんなものと思っていた自分が恥ずかしい。

日本舞踊のお稽古も、畳か板の間の上に座って待機しているのではなかったか。和物のお稽古は肉体的な忍耐の上に成り立っている。それが続けていくうちに慣れてしまい、当たり前になっていくものなのかもしれないが。この年齢ではじめてしまったので、慣れるか慣れないかが問題だ。しかし見学のなかで、師匠も一緒に、

「ああ、私も足があぶない。みなさんもどうぞ足をお楽に」

といってくださったので、ほっとしたのも事実である。とにかく当たり前だが、自分ができないことが多々あるとわかったので、次のお稽古までにその溝をなるべく埋めるべく、情報を集めた。

闘球氏と白雪さんによると、本だけではわかりにくいところも多いので、ＹｏｕＴｕｂｅも見て参考にしているといっていた。ただもっとこの角度で見たいと思っているのに、カメラアングルの問題なのか、自分が知りたい肝心なところがよく見えなかったりすることも多いらしい。茶道は所作が重要なので、動画が見られるのはありがたい。早速、見てみたら、なぜこの方々は、両手に物を持ったまま、そのまますっと正座ができ、そして立つときも、すっと両足をつま先立て、そして片足を立てて垂直に立ち上がり、軽やかに動けるのかが謎として残った。

師匠はもちろん、兄弟子、姉弟子もできる。試しに部屋の中でやると、正座をしよ

うと膝をつこうとしたら、物を手に持ってもいないのに膝がつけない。膝を床につこうとすると、腿《もも》の前側が痛くて痛くて仕方がない。たとえば正座からゆっくりと、腰を上げてつま先立てるのはできる。しかし体は見事に前のめりである。体を起こそうとすると、床から膝が上がってしまうのだった。

この浮いている膝を床につけようとすると、ものすごい勢いでまるで墜落するような感じで、前のめりにならないと膝がつかない。膝が床に当たるゴンッという音はするし、衝撃を受けて痛いしで、茶道の美しい所作とは比べものにならないほどの、不格好さである。しかし茶道の所作の基本はこうなのだ。

座り方

一　両足を揃えたまま、男性はこぶし二つ分、女性はこぶし一つ分くらい、両膝を開けて腰を下ろす。両手は指先を揃えて太腿の上に置く。

二　両膝の開きを保ったまままさらに腰を下ろし、膝を床につけてそのまま座る。

立ち方

一　立つ前は右手を上に手を重ね、自然に正座をした腿の上に置いておく。
二　両手を両膝に置いて、両足を同時に爪立てる（跪座《きざ》）。
三　右足から立つ場合は、右膝を少し立てて、右足が半歩前に出るようにする。
　　左足から立つ場合は左足が半歩前に出るようにする。
四　そのまま立ち上がる。

手に茶扇しか持っていなくても、結構大変なのに、両手にお道具を持っているとなると、何も頼るものがないうえに、とにかく両足はきちんと揃えていないといけない。かかとを揃えないで立ち上がると、足が開いたままになるし、かかとが開いていると、着物の場合、後ろから足などが見えてよろしくないので、見苦しいと注意事項も書いてある。つまりこれは基本中の基本であり、これができないと、水屋から茶室にお道具を運び込む、お点前《てまえ》の準備すらできないのだ。

どうして私はできないのかを考えた。歳を取っているから？　ＹｏｕＴｕｂｅを見ると、私よりも年長の方々や、申し訳ないが重量がありそうな方々が、軽々とやっていらっしゃる。私の足が短いから？　私は明治時代の平均的な体型で、当時は私のような体型の人はたくさんいたはずなので、それもあてはまらないような気がする。正座も何もできないのであれば、体が硬いなどの理由があるのだろうが、そうではなさそうだ。

たとえば剣道とか弓道など、正座から立ち上がる動作をする日本の武道にも共通する事柄なのではないかと、そのあたりで調べてみたら、剣道をしている人たちのなかに、やはり痛いという人がいた。両足を爪立てたまま、膝をつくという体勢は、腿の前側が伸びないとできない。それが理由なのかなと思いながら、YouTubeを調べてみたら、それができないのは、股関節《こかんせつ》の詰まりが原因らしい。家にあった古武術の本をめくっていたら、股関節の詰まりがあるかどうかを調べる体操が載っていた。

それを試してみたら、右足はスムーズに動いたが、左足に問題があるのがわかった。そこには股関節の詰まりを解消させるストレッチも載っていたので、それを試しにやってみると、左足が前よりもスムーズに動くようになった。股関節の詰まりが取れれば、何とかなるかもしれないと、必死ではなく、毎日、風呂上がりにのんびりやっていたら、少しずつ前のめりにならずに、膝が床につけられるようになってきた。立ち上がるときによろめいたりするので、まだまだ体のバランスの取り方がよくわかっていないようだが、ほんのちょっとだけ前進した。お道具を持たずにこうなのだから、両手にお道具を持って、スムーズにできるようになるまで、何としてもここはクリアしなくてはいけないハードルなのだった。

第三章　ひと通りやってみる

準備を整えて、お茶室に入る

　はじめてのお稽古《けいこ》がはじまった。お稽古では何度もお辞儀をしなくてはならないし、茶室では髪の毛をむやみに触れないので、顔にかぶさってきた髪の毛を直せない。ヘアアクセサリー、指輪、時計もお道具を傷つける怖れがあるので、基本的に厳禁なのだ。ショートから伸びて、ボブスタイルになっていたのだけれど、顔の横の毛がお辞儀をするたびに覆い被さってくるので、お稽古の前日にショートカットにしてきた。修行の前に丸刈りにするような感覚で、準備を整えて、お茶室に向かった。

　月はじめなので、月謝を持参した。月謝袋は見学のとき、「お稽古をさせていただきます」と宣言したので、師匠から私の名前を書いたものをすでにいただいていた。月謝に関してもお渡しする作法がありそうだが、何もわからない。いつお渡ししてい

いのやらと、偶然、駅で一緒になった梅子さんと共にお茶室に入り、水屋にいらした師匠に、

「あのう、お月謝なんですけど、どのようにさせていただいたらよろしいですか」

と月謝袋を持って、後をついて歩いた。

「あら、すみません。わたくしにくださるときは、大変申し訳ありませんが……」

師匠は茶室に入り、茶扇を広げてその上に月謝袋をのせ、要《かなめ》のほうを向けて渡すと教えていただいた。

新参者の私たちのために、闘球氏と白雪さんが、自分たちのお稽古時間を一時間遅らせて、私たちのためだけの稽古の時間を作ってくださっていた。申し訳ない限りである。お稽古がはじまるからと、茶室には勝手にずんずんと入っていいわけではない。白い靴下を履いて入らなくてはならないということからもわかる。

「敷居の手前側に正座をして、茶扇の要を右側にして自分の前に置いて、『お稽古、よろしくお願いいたします』とお辞儀をします。そして茶扇を右手で取って、右足で入ります。茶室は入るときは必ず右足から、出るときは左足からです。縁は絶対に踏んではいけません。基本は半畳を二歩で歩きます」

師匠に教えていただくまで、そんな細かく決まっているとは知らなかった。その後、床の間の前に正座をして、同じように扇の要を右にして自分の前に置き、掛け軸、お花などを拝見する。その日は便箋《びんせん》に墨書き、陳舜臣《ちんしゅんしん》氏の署名落款《らっかん》がある、「雨過天青」という軸が掛けられていた。くずし字ではなく楷書《かいしょ》だったので、私にでも判読できた。品のいい金色と、すがすがしい青色の表具でとても美しい。師匠のご友人の表装《ひょうそう》だそうだ。その青色の布がとても美しいので、どういう布ですかとうかがった。

「紐織《しけおり》といって、日本最古の織り方のようです」

たしかに平織りでシンプルだが、糸にところどころ小さな節があって味わい深い。

「その後は畳の縁を右足で越えて、お釜《かま》の前に座ります」

これも正座した後に、自分の前に茶扇を置くのは同じである。はじめて茶道に使うお釜をまじまじと見た。

「お釜の形もたくさんあるんでしょうね」

と茶道手帖をめくったときに見かけた、様々な形の釜を思い出した。

「これは真形《しんなり》釜です」

これからたくさんの釜を目にすることだろうが、覚えられる自信がない。

「お点前《てまえ》をするときは、この炉縁の内側から膝《ひざ》が出ないようにするのですよ」

師匠の言葉にはすべて、「はい、わかりました」としかいえない。まだスムーズに立ち座りができないので、まず、

「すみません」

と師匠に謝って、よいしょと声をかけて正座から立ち上がり、左足で畳の縁を越して自席に座った。そこで正座をしたら、右手に持った茶扇をそのまま背後に平行に置く。つまり要が右側になるように、後ろに置かれている。ただ茶室に入るだけなのに、これだけのことをしなくてはならないので、ますます私の頭の中は、

「大丈夫か？」

である。正座から立ち上がるときに、「よいしょ」とか「うっ」とか、声をかけないと尻《しり》が上がらないのも大問題である。畳のある部屋に住んでいたときは、右足、左足関係なく、ひどいときには平気で縁まで踏んでいたので、これからは心して畳の上を歩かなくてはならない。そういえば子どものときに、母から、

「敷居と畳の縁は踏んではいけない」

といわれていたのを思い出した。梅子さんと一緒に、右足、左足に苦戦したが、彼

女はフィールドホッケーのキーパーや、空手もやっていたスポーツ女子なので、体幹がしっかりしているせいか、立ち座りが難なくできているのがすごいのだ。

割り稽古をする

しばらく座って待っていると、

「割り稽古をしましょうね」

と師匠が私たちそれぞれの前に、お道具がのった二つの丸いお盆を置いた。お点前をするために必要な所作を学ぶ基本練習のようなものだという。そこで茶道ではお茶がいちばん偉いので、抹茶が入っている棗《なつめ》、お茶入が偉いこと、茶杓《ちゃしゃく》、茶筅《ちゃせん》、茶碗を清める茶巾《ちゃきん》について説明があった。棗を半月に持つというのは、上から指先を伸ばしてつかむようにすると、蓋《ふた》と手の間に半月形の隙間ができるので、そう呼ばれているらしい。水を含ませた茶巾のたたみ方は帛紗《ふくさ》よりもずっとわかりやすい。しかし折りたたんで、わになったところを「ふくだめ」といい、そこがふっくらしていないとよろしくないというところが難しい。含んでいる水が多いと、ぺたっとつぶれてしまうからだ。そして見学のときに教えていただいた帛紗捌《さば》きをして、棗や茶杓を清める。

この二週間、帛紗捌きも練習してみたが、いっこうに満足できる状態にはならない。帛紗を捌くだけでも大変なのに、それを手にして棗を清めることなんてできるのだろうか。幅が一定にならず、そのうえすぐに形がぐずぐずになる帛紗に、内心、

（どうしてくれようか）

と焦りまくった。

「そのうち慣れますから大丈夫ですよ」

師匠はそういってくださるが、空中でぶら下がって三角形になった布地を、片手で美しく三つ折りにするという技を体得できるかどうか、まったく自信がない。

棗を清めるのも、帛紗も捌いた状態から八分の一にたたんだもので、蓋の向こう側とこちら側を、「こ」の字を書くようにして清め、次に蓋の上の部分に帛紗の折り目をひとつ広げて、棗の蓋の上（甲という）にのせて向こう側に少し突くようにする。そして帛紗を握り込むようにしながら、右の方向に抜き取る。

茶杓は、捌き直して左手の上で四分の一にたたんだ帛紗の上にのせ、それを包むようにに左側にわがくるように上下にはさんで、手前から先のほうへ一回拭《ふ》く。二回目は左手に持った帛紗のわが下になるように向きを変えて、手前から中ほどまで側面を拭

き、先の拭き方は一回目と同じ。三回目は最初のように帛紗のわが左になるようにして、先までふわっと浮くようにして帛紗を抜き取るのである。こするのではなく、優しく扱っている所作が大事なようだ。

「お茶杓のほうではなく、帛紗のほうを動かしてください」

と注意をうける。ついつい茶杓のほうを動かしてしまっていたらしい。そうやっている自分にも気がつかない。

最後は「茶筅通し」である。茶碗の持ち方は基本的に高台《こうだい》、あるいは高台の横を親指以外の四本の指を揃えて支え、親指は茶碗の縁に置く。といっても客人が口をつける場所なので、触れている部分は最小限にするのが原則とのことだった。「茶筅通し」は、茶碗に湯を汲んで、茶筅をすすぐだけかと思っていたら、茶筅の持ち手のところを少し持ち上げ、茶碗の縁に軽く触れさせて、小さな音を立てなければならない。畳の上に置いた茶碗を左手で支え、茶筅を親指と人差し指でつまむようにして、持ち手のなるべく端の部分を持ち（そうしないと指が茶碗の中に入ってしまうため）、ゆっくりと茶碗の上に横一文字に上げる。次に手前に回しながら下ろし、茶筅を茶碗の縁に触れさせて音を立てる。抹茶を点《た》てる前の段階では、この「見る」という一連の動作をもう一度繰り返す。そして穂先《ほさき》をすすいだ後は、「の」の字を書いて茶筅を元の位置に戻すのだが、その際、支えていた左手も同時に、逆八の字のような手つきになると美しいのだそうだ。

しかしひとつの所作に集中すると、他のことがおろそかになり、左手がずーっと茶碗を支えたままだったり、右手が離れる前に左手を離したりしてしまう。こんな簡単なことがなぜできない、と情けなくて仕方がない。

「音を立てるのを、『打つ』というのですが、親指と人差し指でお茶筅をつまんでいるでしょう。そのときに茶碗の縁で残りの指を揃え、中指がショックアブソーバーの役目をすれば、縁に茶筅を落とすような大きな音もしないし、いい音になると思うのですが」

師匠はそうアドバイスしてくれたが、何回やっても、がちっというとんでもなく大きな音が出たり、全然、出なかったりする。

「いいお茶碗だと、音を立てないほうがいいので、いろいろなんですけどね。でもこのお茶碗は大丈夫なので、やってみてください」

わかりましたといっても、茶筅を持った指が茶碗の縁でつりそうになっていた。

ところが指はつりそうになったものの、前回に比べて足の痛みは軽減していた。着る物で対処しようと、見学のときには80デニールのタイツを穿《は》いていたが、今回は100デニールのコットン混の厚いものにし、ワイドパンツも厚手のウールにしてみた。もちろん白い正座靴下をその上に履くのだけれど、しびれはするが、膝も足の甲も痛くないのである。バレーボールや新体操のサポーターまで買ってしまったことはみんなには黙っていた。

ひと通り、お道具の清め方を教えていただいた後、私と梅子さんは帛紗捌きの自主練をその場でしてみたが、お互いに、「これは変よね」「幅が全然、揃いません」とこそこそと話し合いながら、首を傾げていた。そうこうしているうちに、闘球氏、白雪さんがやってきた。時間をずらしていただいて申し訳ありませんと御礼をいうと、闘球氏が、

「集中的にやったほうがいいんですよ」

という。

「でも全然、覚えられなくて」

「最初は誰でもそうですよ。すべてはじめてなんですから。私なんかどれだけ師匠か

ら鞭《むち》打たれたか」

とおっしゃる。

「はあ、でもいくら鞭で打たれても、覚えられないことは覚えられないので……。第一、帛紗捌きもひどいものなんですよ」

そう私が訴えると、

「誰だって最初からうまくいきませんよ。たくさん恥をかくことですよ。その分、上手になりますから」

その横で白雪さんも、

「そうです、そうです」

とうなずいている。

干菓子をいただく

「恥をかいただけで、終わらないようにします」

私と梅子さんは苦笑するしかなかった。そこへ師匠がやってきて、

「御菓子を食べないとつまらないでしょう。お薄とお濃茶をどうぞ」

白雪さんがお薄を、闘球氏がお濃茶を点ててくださるというので、割り稽古はそこで終了した。茶席では、お濃茶の後にお薄をいただくそうだが、お稽古なのでその順番になった。お濃茶は厳《おごそ》かなセレモニーなので、会話をするのもはばかられるが、お薄はカジュアルなものなので、お互いに話したりするのも問題ない。正式な茶事では懐石料理をいただいた後、お濃茶、お薄という流れになるという。お薄はデザートみたいなものなのかなと思った。

「お座りになる目安は、縁から畳の目を数えて、その方の体格にもよりますが、十六目のところに膝がくるように座ってください。そうすると縁と自分の間にお茶碗などのお道具が置けるので。ひと目ずつ数えると大変だから、自分の広げた手が何目あるかを覚えておくと、わかりやすいですよ」

師匠が手を広げて畳の上に置いた。

「畳の目？」

それが基準になるなんて、はじめて知った。見学のときもあまりに縁に近いと自分の前に茶碗が置けず、遠すぎると縁外に手が届かないと、ちょうどいい位置がわからず、そのたびに正座しながら、もぞもぞと後退したり、前進したりしていたのだ。この年齢になっても知らないことは山ほどある。私の場合は十二目くらいがちょうどよさそうだった。

白雪さんがお薄を点ててくださったが、立ち居振る舞いが美しい。それを拝見しながら、

（いつになったら、あんなふうにスムーズに立ち座りができたり、畳の上を歩けるようになったりできるのやら）

である。お点前がはじまると、師匠が干菓子を持ってきてくださった。いったいこれは何だろうかと見ていると、闘球氏が、

「これは大徳寺《だいとくじ》納豆が中に入っていて、うまいんですよ。私はこれが大好きです」

と笑った。

「へえ、珍しいですね」

私はお点前と干菓子を交互に見ていた。白雪さんが右手に茶杓、そして左手を畳につき、

「御菓子をどうぞ」

といった。

「亭主がそういったら、御菓子を取ります」

師匠が目の前に干菓子が入った器を縁外に置いた。

「お隣に『お先に』と一礼します。そして器を押しいただいたら、懐紙を取り出して、わになっているほうを手前にして、懐紙を膝の前に置きます。縁にかかってはいけませんよ。端が畳の目、ふたつ分が目安ですね。そして御菓子を取って懐紙にのせて、懐紙ごと持ち上げていただきます」

懐紙を置く場所も雰囲気で適当にしているのかと思ったら、やはり畳の目が基準になっていた。御菓子をいただく作法も、見学のときに教えていただいたはずなのに忘れている。師匠の言葉に従って、ひとつひとつやっていき、やっと御菓子が食べられた。甘みとしょっぱさがあっておいしい。

薄茶をいただく

「お茶碗を取りにいくときは、広間では立って行きますが、四畳半以下の茶室ではにじってぐっと前に出ます。手を伸ばしたら届く位置まで、二回くらいでしょうか。そうしたら右手でお茶碗を取って自分の膝前に置き、今度はそのままにじって下がります。そしてまたお茶碗を取って膝前に置き、自分の場所に戻ります。お茶碗は縁内、膝前に置いてください」

茶道では、私がふだんやるように、御菓子を食べながら抹茶を飲むということはしないらしい。私が無粋なのかもしれないが、洋食のコースで、先に御菓子が出され、いつまで経ってもお茶が運ばれてこないと、「早く持ってきてくれないかなあ」と思ったりする。お茶と御菓子と同時に楽しみたいのであるが、茶道では必ず御菓子が先なのだ。

お茶のいただき方も、前回、教えていただいたのに、同じくころっと頭から抜け落ちている。茶碗を畳から取り上げるときは、右手は高台の上の部分に指四本、縁のところに親指をかけるのだが、いただくときは、右手はコップを持つときのような茶碗の胴に手のひらを添える手つきになる。そのほうが茶碗を持つ手が安定するからである。左手は指を揃え、茶碗をその上にのせる。そして正面を避けるときにするのは、取り上げるときと同じ手つきになる。つまり手のひらの上で茶碗を擦るのではなく、持ち上げて回すため、コップを持つような手つきでは不安定なので、こちらのほうが合理的なのだ。考えてみればわかるのだが、なぜか勝手に変な手つきになってしまっておたおたする。

「左手は親指を中にいれないで。きちんと手のひらにのせましょう。細かいことをうるさくいうようですが、変な癖がついてしまうと、あとで直しにくいので」

師匠がおっしゃるのもごもっともである。私も何か理由があってそうしているのではなく、無意識に気がついたらやっているので、何の根拠もないのだ。

飲み終わったら飲み口を親指と人差し指で左から右に清めて懐紙で指をぬぐうことだけがずっと頭にあり、茶碗の正面を回して戻すのを忘れたり、自分の前の縁内に茶碗を置いてしまったりで、頭が混乱してきた。

「茶碗の正面を元に戻したら、縁外に茶碗を置きます。両手をついて茶碗の全体を拝見し、両肘《ひじ》を膝の上にのせて、手にとって拝見します。終わったら縁外に茶碗を戻し、再び、全体を拝見します」

またひとつひとつ師匠の言葉に従ってやったものの、

「たった今、見たばかりなんですけど」

などとはいってはいけないのである。すべて決まったとおりにやるのがお稽古なのだ。懐の懐紙で指を拭くのでさえうまくいかず、指先にべっとりと抹茶がついてしまい、何枚もの懐紙を汚してしまった。

濃茶をいただく

「それでは次はお濃茶を点てていただきましょうか」

師匠の声に闘球氏が、

「はい」

と立ち上がり、水屋に入っていった。

「どうぞこの間に足を崩してください」

師匠はそういい残して、廊下から水屋に入っていった。もちろん私も梅子さんも白雪さんも、

「はああ」

といいながら、足のマッサージである。

「本当に足が痛くなるのは困りますよねえ」

といいながら、世間話をしていると、襖《ふすま》が開いて亭主の闘球氏が現れたので、正座をして姿勢を正した。師匠が主菓子がのった器を持ってきた。御菓子は「うぐいすも

ち」だった。

「今はコロナのことがあるので、銘々皿でお出ししていますけれど、またあらためて御菓子の取り方はお教えします。どうぞそのまま召し上がってください」

私の懐中には抹茶で縁が汚れた懐紙が重なっていて、それを使わなくてよくなるのはささやかな救いだった。

お薄のときはお茶が出る順番に客それぞれが御菓子をいただくけれど、お濃茶の場合は、亭主、あるいは亭主を補佐する役目の半東《はんとう》さんが、「御菓子をどうぞ」とすすめ、それぞれが御菓子を取り、正客が全員の手元に渡ったのを確認して、「ご一緒に」と声をかけるまで、勝手に食べてはいけないのだそうだ。なぜか私が正客の位置に座ってしまうので、白雪さん、梅子さんのところに御菓子がまわったのを見て、

「ご一緒に」

と声をかけて、みんなで御菓子を食べはじめた。

お点前のほうは、お薄のときは棗だが、お濃茶のときは茶入といい、仕覆《しふく》という名物裂《ぶつぎれ》でできた袋で包まれて、あらかじめ水指《みずさし》の前に置いてある。何も身につけていない棗に比べて、見るからにランクが上の感じがする。その仕覆から茶入を出すときに

は、ただ結ばれている紐《ひも》をがっとほどいて取り出すのではなく、きちんとした手順があるようで、左の手のひらの上にのせた茶入の仕覆を、手刀を切るように脱がせ、紐を整える。仕覆のどの場所を持つかも決まっている。それも布地を傷めないための工夫なのだ。

(これは大変だ)

わけのわからぬまま、闘球氏のお点前を見学していると、最初に茶入から茶杓で茶碗に抹茶を入れるのは同じなのだが、その茶入を傾けて、回しながらお茶を茶碗に入れていた。

「あんなにたくさん入れるのですか」

と師匠にうかがうと、

「お薄は点てるといいますが、お濃茶は練るというのです。お茶入には事前に人数分のお茶を入れておいて、全部使いきってしまうのです」

という。たしかにお湯を注いだ後は、お薄のときと違い、練るように茶筅を動かしている。

「練り方が固いと、回しのみをしている後のほうの人は、茶碗を傾けてもお茶が固まって落ちてこないことがあるんですよ」

師匠がそういうと、白雪さんも、

「そうなんです。いくらお茶碗を傾けても、全然、口に入らなくて」

と笑っている。

「回しのみといっても、そんな長時間に亘《わた》ってのむわけではないのに。そんな短い間で固くなってしまうのですか」

私がびっくりしていると、師匠も白雪さんもうなずいている。

「お湯の量がなかなか難しいですね」

闘球氏がつぶやいた。

「多少、ゆるめのほうがいいと思いますよ」

師匠の言葉に闘球氏はうなずき、お湯をつぎ足して濃度を調整していた。追柄杓というようだ。見学のときにもお濃茶をいただいたが、そのときは気分が浮ついていたので、濃厚という印象くらいしかなかったが、今回はより抹茶の香りが感じられた。このねっとりとしたペースト状のものをお茶と呼び、それも茶道においては正式なものなのも、どこか不思議だった。

あっという間に三時間が過ぎていた。仕事がある梅子さんと一緒に、私も失礼することにして、トイレに行き、洗面所で手を洗おうと手を伸ばしたとたん、ベストの胸元のポケットから、帛紗、古帛紗、懐紙がすべり落ち、床にばさっと落ちてしまった。用を足しているときもあぶない状態になっていたのだろうが、懐中しているのを忘れていた。それにしても便器の中に落とさなくて本当によかったとほっとした。これから登るのは高い山だなあと思いつつ、まあ、少しずつずり落ちながら、登っていけばいいかと諦《あきら》めつつ、師匠、兄弟子、姉弟子にご挨拶《あいさつ》をして、お稽古場を後にしたのだった。

どんな着物を着るのか

厚手のタイツや服、正座用の靴下で、足の痛みは改善されたけれども、お稽古としてはやはり着物のほうがやりやすそうだった。着物を着ていることが大前提の所作なので、袂《たもと》をよける所作で物を置いたり、座ったまま位置を変える場合も、着物の前がはだけないように押さえる所作があったりと、着物を着ていないとわからない部分が多い。そこで手持ちのなかから、着ていけそうな着物を探してみたが、だいたい持っているものがカジュアルな紬《つむぎ》ばかりなので、茶室にふさわしいものがない。師匠の師匠も、着物にうるさく注文をつける方ではなく、

「着物は着ていればよい」

というお話だったので、その点は気楽だが、場を乱すような格好はしたくない。着物の写真が貼ってあるファイルを何度も調べながら、母が私のお金で買い、のちに私のところに戻ってきた後染めの紬をまず選んだ。この着物はあまり好きではないので、汚してもいいランクになっている。地が焦げ茶で小ぶりの笹の葉が﨟纈《ろうけつ》で散らして描いてあるもので、これだったら小紋っぽい雰囲気もあり、何とかいけそうだった。そのときに思い出したのは、師匠がまだ編集者だった頃にくださった、今はなき銀座《ぎんざ》「白牡丹」の帯締めだった。平打《ひら》ちで白、朱、緑色、紫色で矢羽根《やばね》模様になっている。どうせ着ていくのであれば、これを締めていこうと思い、帯は天蚕《てんさん》の無地の名古屋《なごや》帯にした。襦袢《じゆばん》についている衿《えり》も、白地に柄が織り出されているものか色衿なので、ふだんはほとんど使わない白のシンプルな塩瀬の半衿につけ替えておいた。

次のお稽古日は雨だった。が、着物を着ていった。ところが道中、予想もしないことが起きた。お稽古場の最寄り駅について歩いていると、下半身に違和感を覚えた。

いちばん下に穿いているボーイズレングスのショーツが明らかにずり落ちてきているのである。それを穿いたのはこの日がはじめてで、ゴムが伸びきったものを穿いていたわけではない。ただ着物を着るので、やや脇丈が浅いものにしていた。どうやらそれが腹周囲の肉に押されて、ずり下がってきているらしいのだ。

その日は寒い日だったので、その上に舞妓《まいこ》さんも着用しているという、防寒用のスパッツみたいなものを穿いていたので、下まで落ちてくることはないだろうと思っていたのだが、なんとそのスパッツまで微妙に落ちてくる気配があった。安心できるのは雨コートを着ているので、外からはまったくその気配が見えないことだったが、私自身が気持ち悪いのには変わりがない。何とかお稽古場までもってくれと願いつつ、無事、たどり着くことができた。

「雨なのに大変でしたね」

声をかけてくださった師匠に、

「はい、着てきました」

とご挨拶をし、手を洗った後にずれたパンツ類をトイレでぐいっと元に戻し、何食わぬ顔をして茶室に入った。尻の半分くらいまでずり下がっていて、お稽古場がもっと駅から遠かったら、あぶないところだった。ただ歩いていたときでさえそうなのだから、放置していたらお稽古中の立ち座りの間にどうなっていたかわからないと恐ろしくなった。

そんな状態だったとはひとこともいわず、

「この帯締め、覚えていらっしゃいますか。昔、いただいたものです。『白牡丹』の」

と師匠にお見せした。

「ああ、そうでした」

それからは思い出話になり、銀座にあった和装小物のお店の名前をいいながら、

「みんな、なくなっちゃいましたねえ」

とため息をついた。

「実践」とはなんぞや

着物の懐に帛紗、古帛紗、懐紙を入れると、ベストのときとは違い、体にしっくりとなじんでいる。着物と比べると当然だけれど、ベストはどうしても収まりが悪く、まだ私が慣れないこともあって、懐中しているものが、ずれてくるような気がした。

今日は梅子さんが仕事でお休みなので、闘球氏と白雪さんがいらっしゃるまでは、私一人である。茶室に入る前に自分の前に茶扇を置いて、

「お稽古、よろしくお願いいたします」

とご挨拶をして室内に入ると、師匠が、

「先輩方ともお話しをしたのですけれど、割り稽古をやり続けるよりも、実践でやったほうがお点前を覚えるという結論になりまして、今日から実践でいきますね。わたくしがお薄のお点前を一度お見せします。それでは準備をしてきますので、しばらくお待ちくださいね」

素敵な縞柄《しまがら》の着物姿の師匠は水屋に入っていった。

（実践ってどういうこと？）

座って待っていると、師匠が、

「お茶室の造りによって違うのですが、うちの場合は、正面茶道口ではなく廻り茶道口になるので、水指を柱のある右横に置いて、襖を開けて一礼します。そして両手で水指の下側を持って、右足から入ります」

と説明つきで実演してくださった。あんな水がたっぷり入った器を持って、立ち座

りができるのか心配になる。

「そして水指を置いたら左足で出て、次に水屋から右手にお棗を半月に持ち、左手に茶巾、お茶筅、お茶杓を仕込んだお茶碗を、親指を縁に、他の指は高台の上に揃えて支えながら持って、水指を頂点にして、二等辺三角形になるように置きます。そしてまた左足から下がります」

　はあと心の中でいいながら見ていると、水屋との襖の前でお茶碗よりもひとまわりほど大きな器と柄杓、蓋置《ふたおき》を並べて、

「これは建水《けんすい》といいます。この中に蓋置を入れます。柄杓のお湯を入れるところを合《ごう》といいますが、この合の口の部分を建水の縁に渡して、左手を下げたまま持ちます。これは汚れたものを入れるものなので、持ち上げたりはしません」

　師匠は左手の手首を少し曲げて、柄杓を建水の縁に渡して下に持ち茶室の中に入ると、入り口で水屋のほうを向き、そこに座っていったん建水を体の前に置いた。そして襖を閉めると、再び建水を持って立ち上がり、お釜の前に斜めに座った。ここでも立ち座りの連続である。水指や棗、茶碗などはまだ持ちやすいからいいけれど、建水の上に掛けられた柄杓は不安定で、それを片手で持ち出さなくてはならないのは、と

ても難しそうだった。おまけにいったん畳の上に置いて座り、それをまたすっと持って、立ち上がらなくてはならない。

それからもひと通りお薄のお点前を、ライブで説明しながら実演してくださった。これは大変と、はああ、とため息をついたとたん、師匠が、

「どうぞ」

と私に向かって声をかけた。

「はっ？」

「どうぞ、ひと通りご覧になったから、やってみましょう」

「はっ？」

もう「はっ？」しか出てこない。たしかに師匠のお点前は拝見したし、これまでも闘球氏、白雪さんのお点前も拝見していた。しかしそれを全部覚えているかというと、そうではない。

「最初から全部できるわけじゃないのだから、少しずつやっていきましょう」

覚悟を決めて水屋に行くと、水に浸したのを絞った茶巾、茶筅直しから持ってきた茶筅、茶杓をお茶碗に仕込むのを見た師匠が、

「はい、それでいいですよ」

とチェックしてくれた。茶碗に入れ、流した湯を溜《た》めておく建水を見ながら、茶道を習っていた人が、

「建水に袖《そで》がぽちゃんとなる」

といっていたのを思い出し、

（ああ、これがぽちゃんとなる器ね）

としげしげと眺めた。今日は着物なので、気をつけなくてはいけない。亭主の印である帛紗を三角形にたたんで帯の左横にはさむのを忘れそうになった。

襖を開けて、

「お稽古、よろしくお願いいたします」

とお辞儀をして、横に置いてある水指を取り上げて、正座から立ち上がる。陶製の水指には八分目ほどの水が入っているので、意外に重い。落とさないようにと気をつけながら、立とうとするとそれができない。両足が着物でぐっと締めつけられて、足の動きが制限されているのである。

「あの、ちょっと、ちょっとお待ちください」

「どうしました？　大丈夫ですか？」

「着物の巻き込みが強かったのか、足が思うように動きません」

「わかりました。ゆっくりでいいですからね。無理をなさらないように」

よっこいしょと声を出し、体をゆすりながら何とか立ち上がり、座って置くべき場所に水指を置いたはいいが、また立ち上がれない。

「ぐぐぐ」

といいながら、また手をついたり体をゆすったりして立ち上がり、

（左足で下がる）

と、心の中でぶつぶついい、師匠の、

「もうちょっと右、もうちょっと左」

というふうに位置を直されるがまま、棗と茶碗を置く。自分が座ったり、お道具を置いたりする目安として畳の目数が使われているのはわかったが、目の七つ分くらい、といわれて、あわててひとつ、ふたつと数えてしまう。慣れている人は勘でわかるのだろう。また立ち上がろうとするとまるで畳の下からひっぱられているような感じで、スムーズに立つことができない。着物が本来の姿なのに、こんな有様でどうしようか

と情けなくなってきた。

　おまけに建水にかけた柄杓が前後、左右に揺れて不安定になり、短い距離なのに何度も落としそうになる。

「重心を前にすると柄杓の前が重いので、どうしても不安定になりますよ。手首を少し後ろのほうに傾けて持ってみてください」

　理屈ではわかっていても、そう簡単にはいかず、何度も落としそうになるのをあわてて右手で押さえてやっとお道具類を定位置に置くことができた。

言われるがままのお点前

　もちろんお点前も操り人形の如く、すべて師匠にいわれるがままである。亭主が座るのは、炉縁に対して正面ではなく左斜めの位置になる。お茶を点てる前に茶碗にお湯を入れ、それを建水に捨てて茶巾で拭くのだが、それにも決まった手順、所作がある。

「左手に茶碗を持って縁を清めた後、茶巾を茶碗の中に入れて、上側を手前に折って、茶碗の底に近い部分をひらがなの『い』『り』と書いたら、折った側を下にして茶碗の中に入れます。そして右手で茶碗を畳の上に置き、右手で茶巾を取って、蓋置の釜蓋の上に置くと、ほら、ちゃんと元の形に戻っていますね」

「いいえ」

「えっ、あら、どうしたのかしら」

師匠はとんできて、私が置いた茶巾を見て、

「本当。逆向きになってますね」

とじっと見ている。自分がやった動作を倍速でもう一度やってみると、茶巾の絞り方が甘く、拭いているうちにぐずぐずになったのを、茶碗の中で適当に直したら、逆向きになってしまったのだった。

「落ち着けば大丈夫ですよ。お点前はゆったりとね」

師匠はそういってくださるが、次は何をするんだっけと、気ばかり焦って目の前のことすらちゃんとできない。お茶を点てる前に、茶杓を手にしたとき、

「御菓子をどうぞ」

と客人に声をかけてさしあげないと、いつまでも御菓子が食べられないというのを完全に忘れ、黙って茶杓を取って抹茶が入っている棗を手に取ろうとしたら、

「お客様にお声がけしないと、御菓子が食べられませんよ」

と師匠が苦笑していた。自分のお点前のことばかりを考えていてもだめなのである。亭主が点てたお茶を自分が飲むのを、客人は「ご自服《じふく》で」というらしいのだが、今回は自分で点てたお茶を飲んでみた。お茶を点てると茶碗を縁外に出して、客人が引き取りに来るのを待つ。なので今回は、縁外にお茶碗を出したら、客人のスペースに移動して、そこからにじって茶碗を取りに行った。先週の洋服のときよりも、着物のほうがにじって移動するのもやりやすい。

「いかがですか」

飲んだ感想を師匠に聞かれたが、いろいろと味わいに欠けているような気がした。それが何なのかはわからないが、師匠、兄弟子、姉弟子に点てていただいたものより、当然ながら、おいしくなかったのは間違いない。

お道具を片づける

ぐだぐだのお点前のお稽古も終わり、水指やお道具を水屋に持ち帰るのだが、この立ち座りが洋服のときよりもできない。

「もともとうまくできないのに、なぜ着物だとさらにうまくできないんでしょうか」

中腰になったまま、師匠にたずねると、

「着物の下前を巻き込みすぎると、自由がきかなくなりがちですけどね」

とおっしゃる。着物だったらもっとスムーズに立ち座りができるはずと期待していた私の目論見《もくろみ》は、見事に崩れ去った。

柄杓を伏せた建水を左手に持って、よろめきつつ立ち上がると、

「左回りに回って。その中には汚れ物が入っているのでお客様になるべく見せないようにするためです」

その通りにしても、また襖の前でいったん建水などを畳の上に置いて立ち座りである。こんな近くの距離で、そう何度も立ったり座ったりしなくても、と悲しくなってくる。お道具類、水指は客付廻りで水屋に下げる。左足で縁を越し、茶室を出るのは同じである。お道具を破損させることもなく、すべて水屋に下げて、襖の前でお辞儀をして、何とかはじめてのお点前は終わった。

「はい、お疲れさまでした」

師匠の言葉にもため息しか出ない。

闘球氏、白雪さんもやってきた。白雪さんが、

「今日はお着物なんですね」

と声をかけてくださり、私が、

「これは母の好みで、私はあまり好きではないので、お稽古着にしてしまいました」

というと、彼女は笑っていた。そばにいた師匠から、

「着物の着付けで肝心なのは、着終わったら一度、両足を大きく開くことですね。それをしないと所作がうまくいかないかも」

とアドバイスを受けた。ふだん着物で外出するときの着付けは、両足を揃えて後ろ身頃もお尻にぴたっとくっつけて、お尻まわりに余分なゆとりがないようにしたほうがよいと、ずいぶん前に着付けに詳しい知人からアドバイスされたけれど、お稽古のときは多少、ゆとりがあるほうがやりやすいような気がする。次回、着るときにやってみよう。

今日のひと仕事は終えた気分で、私は畳の上に座っていた。時折、正座をしていると、足袋の切れ込みが指の間に食い込む感じがあったので、足袋のつま先をひっぱって余裕を持たせたりした。もちろんしびれもするのだが、洋服のときよりは楽なよう

な気がした。

師匠が闘球氏と白雪さんに、私がお点前の実践をしたと話すと、彼は、大きくうなずきながら、

「それでいいんです。そのほうが全体の流れで覚えるから」

という。白雪さんも、

「何であんなことを間違えていたんだろうって思うようになりますよ」

といってくださるが、あの調子ではいつまで経っても、間違えそうな感じがする。とにかくたくさん恥をかかないと身につかないのは本当だろう。

姉弟子・兄弟子のお点前

白雪さんがお薄を点ててくださった。とてもおいしい。御菓子は紅白の琥珀《こはく》糖だった。客人の作法もいろいろとあるけれど、やっぱり御菓子をいただいているのが気楽だなあと思う。そして同じお抹茶を使っているはずなのに、どうして味がこんなに違うのだろうと不思議でならない。

次は闘球氏のお濃茶のお点前である。

「早くお濃茶を点てられるようになりましょうね」

師匠はそういってくださるが、さっきの自分のぐだぐだお点前を思い出すと、いつ茶道の重要なセレモニーである濃茶点前ができるかなんて想像もできない。そして師匠が主菓子の入った器を持ってきて、畳の上に置いた。「寒紅梅《かんこうばい》」という名前で何とも愛らしい。それを見たとたん、私は目を奪われ、懐から懐紙を取りだし、待ってましたとばかりに目の前に置いてしまった。すぐに師匠から、

「亭主、あるいは亭主を補佐する半東さんが、『御菓子をどうぞ』というまでは、懐紙を出したりしてはいけません」

と声がとんだ。私は、

「す、す、すみません」

といいながら、あわてて畳の上に置いた懐紙を取り上げて懐に戻した。がっついているようで本当に恥ずかしい。この間、お稽古で教えてもらったばかりではないか。穴があったら入りたいとはこのことである。闘球氏はお点前を続けながら笑って、

「私は何度もやりました」

という。

「はあ、そうですか」

と小声でいいつつも、やってしまった恥は消えない。ああ、いつになったら、こんな状態から抜け出せるのやらと、私の前には問題が山積みなのだった。

YouTubeで復習をする

次のお稽古までの間、お点前はもちろん、客の所作など全部忘れそうだったので、お点前については、茶道会館のＹｏｕＴｕｂｅを何度も見直した。そうそうそうなのよねと思いながら見ているものの、いざ自分が頭の中でお点前をしてみると、忘れていることだらけである。これはお稽古、動画、それと本の三本立てでいかないと、絶対に覚えられないと思い、書店に行って今まで立ち入ったことがない茶道関連の棚の前に立ち、役に立ちそうな本を探した。先生からの指定図書は、モノクロだが写真も多く、詳しく書いてあるのだが、文字がびっしりと並んでいて厚さもある。もうちょっと気軽に手に取れるものはないかと見ていたら、『裏千家　茶道ハンドブック』（北見宗幸　山と溪谷社）という本があった。

開いてみると初心者向きのとてもわかりやすい本だった。所作もすべてカラー写真のカット割りになっていて、どのような手つきで行うかがよくわかる。しかし今、教えていただいている、炉の薄茶点前は全部で一六三のカットがあった。つまりそれだけの数の所作があるということである。とてもじゃないけど覚えられそうもないが、迷わずその本を購入した。

そしてその横には、『裏千家茶道　点前教則』(千宗室　淡交社)がずらっと並んでいて、それが二十五巻もあるのだ。これが全部、頭の中に入っているなんて、茶道の先生は本当にすごい。踊りでも三味線でも、師匠と呼ばれる方々は、並大抵の努力ではなく、それだけのことを体得されたのだろう。私の師匠は年齢は私よりも二歳上だが、茶道歴は六十年である。とにかく教えていただいたことを忘れないようにしようと、本を買い家に帰って何度も読み返した。

またまた「実践」である

次のお稽古日もまたまた実践である。なるべく忘れないようにしようと思い、前日にはＹｏｕＴｕｂｅを見直し、エアお点前をし、これで大丈夫と思ってお稽古場に行っても、見事に忘れている。お点前のときに空いている手は必ず右手であれば右膝の

上、左手であれば左膝の上に置くと決まっているのに、それができない。師匠から、

「手はお膝の上ですよ」

といわれてはじめて、自分の左手がドラえもんのようにグーになって、宙に浮いているのに気がついたり、体をよじったときに、右手を左膝の上に置いたりしてしまう。ひとつのことに集中すると、別のことがおろそかになるのは相変わらずだ。もちろんお点前の段取りも覚えているわけもなく、固まっていると、

「それは蓋置の上へ……」

と師匠の声が聞こえるので、その通りにするだけである。そしてなぜか「水を汲《く》む」のを強く覚えていて、まったく関係ないところで突然、水指から水を汲もうとして、師匠はじめ、兄弟子、姉弟子をあわてさせたりもした。闘球氏が点てたお濃茶で、栗あんの羊羹《ようかん》をいただいた。

翌週のお稽古は前と同じ、稽古着にした着物で行った。下半身をゆったりめに着たつもりだったのに、そのときと同じように立ち座りがうまくできない。股関節《こかんせつ》の詰まりを直すストレッチを毎日した結果、家では、美しい立ち居振る舞いではないが、立ち座りの基本の所作だけは、なんとかできるようになっていたのに、着物を着ている

と体が重い感じがしてそれができない。着物の着付けも練習する必要がでてきた。師匠は、

「四月までに薄茶のお点前を覚えましょうね。五月になると『おふろ』になって、少しお点前が変わりますから」

という。

「おふろってなんですか」

と聞いたら、茶室で湯を沸かすのは、十一月から四月までは小さな囲炉裏のような冬使用の「炉」、五月から十月までは畳の上でお湯を沸かす夏仕様の「風炉」になるのだという。今のお点前でさえろくにできないのに、またちょっと変わるなんて、対応できるのかと心配になる。お稽古をはじめてから、恥と心配ばかりだ。

お点前の実践は二回した。最初にお点前をして、闘球氏や白雪さんのお点前を拝見した後、またお点前をする。闘球氏からは、

「よく堂々とできますね。わたしなんか、手がぶるぶる震えていましたけど」

といわれる。

「何かをきちんと覚えていれば、ミスをしないように緊張したりもするんでしょうけ

れど、ほとんど頭の中にないので、緊張すらできないのです」

といいながら、頭の中の引き出しを開けて、

（次はどうだったっけ）

と必死に思い出しながらお点前をした。これがまただめなのである。頭で考えなくても体が自然に動くようにならなければ、身についたとはいえないのではないだろうか。すべて体に覚えさせないといけないのだろう。

薄茶のお点前はお茶を点てるだけではなく、客人から、

「どうぞおしまいください」

といわれたら、片づけに入らなくてはならない。そのタイミングは亭主が茶碗にお湯を入れて、建水に捨てるときなのだが、お湯を捨てようとしたときにがちゃっと金属音がした。はっとして確認すると、袂に入れていた腕時計が、建水に当たった音だった。

「申し訳ありません」

と謝ったものの、建水の素材によっては、ひびが入ってしまう可能性だってあったと、そんなところにひょいと入れてしまった自分が情けなくなってきた。

自分で自分がわからない

しまう段取りの茶筅通《ちゃせんとお》しは、湯を汲んだ茶碗の中でまず茶筅の穂先を軽くすすぎ、打って持ち上げ、そして打って「の」の字を書いて茶筅を置く。点てる前の茶筅通しと回数が違う。茶巾、茶筅を茶碗の中に入れ、次は帛紗を捌《さば》いて、茶杓を清めるのだが、右手に茶杓を持ったまま捌かなくてはならないので、茶杓を落としそうになる。清める回数も一回少ない。抹茶を掬《すく》った茶杓を清めると、帛紗が汚れるので、その汚れを建水の上で女性は二回叩いて払う。男性は一回である。こういうことまで決まっている。

お道具には決まった置き合わせがあり、客人から棗、茶杓の「拝見」を望まれると、再び棗を清め、蓋を開けて中をあらためて、客人のほうに正面を向けて出す。客人が道具の拝見をしている間、亭主は水屋と往復して、他のお道具類を片づけるのだ。そしてその後には、「お棗のお形は？　お塗りは？　お茶杓はどなたのお作でございますか？　ご銘は？」といった問答になる。それにも答えなくてはならない。もちろん師匠の顔と棗や茶杓を交互に見ながら、

（助けてくださいよう）

状態になる。お茶会では亭主が選んだ名品が出てくるけれど、お稽古の場合は、見立てで問答をするので、茶杓は季節にふさわしい銘を、亭主であるこちらが考えなくてはならない。お点前だけではなく、問答のために季語の類《たぐ》いなども覚えておく必要がある。正直、「拝見」がないと、立ち座りはあるものの、道具を持って、とっとと水屋に下がればいいだけなので、気が楽だった。

お点前のお稽古を二回した後、しばらくして、

「もう一度おやりになりますか？」

と師匠に聞かれたけれど、

「電池切れをしましたので、ご遠慮いたします」

と返事をした。お濃茶の主菓子は、季節の「ひっちぎり」。それと、師匠が、

「かわいいから買ってきちゃった」

といった雛井籠《ひなせいろう》だった。一七七六年当時の箱を模した小さな三段の重箱のなかに、和三盆《わさんぼん》の打菓子《うちがし》、薯蕷饅頭《じょうよまんじゅう》、煉切《ねりきり》、道明寺《どうみょうじ》、求肥《ぎゅうひ》製の菓子が詰められていて、これもまた何とも愛らしい。さっき、ひっちぎりをいただいたばかりなのに、つい道明寺に

手が伸びてしまった。御菓子にお濃茶は最高だなと思いながら、しばし脱力していた。

抹茶を点てて客人にお出しするのがお点前の前半、茶碗が戻ってきておしまいにする以降が後半だと、自分なりに考えていたのだが、その後半のところも、客人にお出ししたから仕事が終わったというわけではなく、使った分のお湯を補充するために、水指から水を汲んで釜に入れ蓋を閉め、水指の蓋も閉めるなど、手順がたくさんある。これが理屈に沿って考えれば、問題なくできそうなのだが、順序を忘れて釜よりも先に水指の蓋を閉めようとしたりする。それでは釜に水を入れられないと考えれば明白なのに、なぜかそういう行動に出てしまう。自分で自分の頭の中がどうなっているのか理解できない。そして茶碗に抹茶を入れた後、すぐにお湯を入れて点てるのではなく、なぜ水指の蓋を開けるのかが、私にとってのお点前の謎なのだった。

第四章　何もかも、うまくできない

釣釜が揺れる

三月のお稽古《けいこ》の初日、お稽古場にいったら、天井から鎖で釜《かま》がぶら下がっていた。

（えっ？　いったいどうしたの？）

驚きつつ室内をよく見ると、炉を切ってある部屋の角のところに、上段に小さな襖《ふすま》がついた、菱形《ひしがた》の三本足の黒い塗りの棚があった。下段にはいつもなら水屋から運び出す水指が、すでに置いてある。師匠から、

「ぶら下がっているのは釣釜といいます。形としては鶴首釜《つるくびがま》ですね。棚は徒然棚《つれづれだな》で、別名、業平棚《なりひらだな》ともいいます。下の段のところに業平菱の透かしが入っているでしょう。お客様が座る方にひとつ、亭主が座っている左側、つまりお客様から遠い下座のほうを勝手付《かってつき》といいますが、そちらのほうに二つありますね。この棚には小さな襖がつい

ていてかわいいんです。この中にすでにお棗《なつめ》が入っているので、お点前《てまえ》のときに運び出す必要はありません。水指も置いてあるので、このまま使います」

と説明を受けた。天井から吊《つ》っているために五徳がなく炉の中の炭がよく見え、風も通り春らしい爽《さわ》やかな雰囲気を醸し出すのだという。

棗や水指を運び出す手間がひとつでも省けるのは楽でいいなと喜びつつ、師匠の許可を得て、引き手にぶら下がっている短くてかわいい布をそっと引いて襖を開けてみたら、見覚えのある棗が座っていた。

シルバニアファミリーの純和風のお部屋、といった感じで愛らしいのではあるが、基本の薄茶のお点前さえちゃんと覚えられていないのに、天井からぶら下がって安定しない釜と、このはじめての棚を前にちゃんとできるかどうか不安になる。それを見越したように、師匠が、

「なぜかこの棚のお点前は、みなさんちゃんとできるんですよ。だから大丈夫」

といってくださるが、私がちゃんとできるかどうかはわからない。

水屋で運び出す茶碗に、茶巾《ちゃきん》、茶筅《ちゃせん》、茶杓《ちゃしゃく》を仕込んでいるときに、

「棚があるときは、竹ではない蓋置を使うので、どちらでもお好きなほうを選んでく

ださい」

と教えられた。見ると棚に、桜の花が透かし彫りになっているものと、ぼんぼりの火が灯《とも》る部分を象《かたど》った蓋置きがあった。ぼんぼりのほうを建水の中に入れ、柄杓を掛けておく。

（あーあ、また立ち座りをするたびに、痛くはないけど、足からいろいろな音が聞こえてくるだろうな）

と思いつつ、水指、棗はすでに棚にあるため、茶杓などを仕込んだ茶碗を持って、炉に対して斜めではなく、棚の正面に座った。そして茶碗の右真横、左手前と持ち替えて、勝手付に割りつける。次に右手は膝《ひざ》の上にのせたまま、左手で左側の襖を開け、左手を膝の上に戻して右手で右側の戸を開ける。右手で中の棗を取り出し、左手に受ける。そのまま右手で右側の戸を閉め、右手に棗を持ち替えてから、左手で左側の戸を閉める。右手の棗を棚の正面の右寄りの畳の上に置き、勝手付の茶碗の左手前、右真横、左真横を持って、棗の左横に置く。

一度に両側の襖をぱっと開けて取り出さないのは、客人に襖の内部を見せないためである。取り出す所作はともかく、使わないほうの手を膝の上にのせるのを忘れてしまい、空いている手が空中でドラえもん状態になっていたり、両手で棗を持とうとしたりしてしまう。

(亭主は右手は必ず右膝の上、左手は必ず左膝の上と、教えていただいただろうがっ！)

と自分自身に腹が立ってくるが、師匠から、

「右手……」

といわれてふと気がつくとドラえもんになっているのが情けない。膝の上に手はあるが、右手が左膝の上、またその逆だったりすることもある。自分でもどうして体をねじってしまうのかはわからないが。気がつくとそうなっているのである。

お点前は薄茶と同じなのだけれど、口が細く、天井からぶら下げられている釜から、湯を掬《すく》うのも大変で、だんだん釜の揺れが激しくなってきた。釣釜には春の季節のゆらぎを感じさせる風情があるらしいが、それとはほど遠い、

「地震か？」

と不安になるような揺れ方だった。

「釜の口が細いから、やりにくいわね」

師匠が鎖と釜の鉉《つる》（取っ手）を持って揺れないようにしてくださった。

「申し訳ありません」

と謝りながら、湯を掬ったり、水を一杓補充したりして、やっとぶら下がるお釜との闘いは終わった。

見立ての問答で焦る

薄茶点前が終わり、拝見を所望されたという設定で、緊張しながら帛紗《ふくさ》を捌《さば》いて、棗を清めて縁外の客向きの位置に置き、茶杓をその横に並べる。茶室に棚がないときは、柄杓を右手ににぎり込んで蓋置も持たせ、左手に建水を持って、同時に下げるのだけれど、この場合は棚の上に柄杓と蓋置を荘《かざ》る。調べたところによると、「荘る」は仏教の「荘厳」に由来するもので、「飾る」ではないらしい。

棚に荘るときは、釜の底から掬った湯を再び釜の中に落とす湯返《ゆがえ》しをしておく。拝見の要請があったのち、その柄杓を合を上向きにして、向こう側の辺の三分の一、手前を四分の一程度の位置に置き、「入」の字になるようにバランスよく蓋置を置く。柄杓と蓋置は棚の上にあるので、まず下げるのは建水のみ。亭主が水屋に下がるタイミングで、客人は棗と茶杓を自分の席に引いてきて、手元で拝見するわけである。

次は茶碗の中に茶巾と茶筅が入ったものを持って下がる。本来ならば水指に水を注ぐ、水次《みずつぎ》の扱いが必要になるのだが、それについては次回のお稽古になった。そして拝見が終わった頃を見計らって亭主の私が客の前に座り、目の前に戻された棗と茶杓について、問答が行われる。棗の形などは師匠から教えていただいたのを、「利休形《りきゅうがた》」などとそのまま答えればいいのだが、問題は茶杓の銘である。銘を聞かれて「弥生」と答えてしまったら、師匠に、

「三月に弥生はだめです」

といわれてしまい、あせりつつ、

「春風でございます」

と答えてなんとか○をいただいた。お点前を覚えるだけではなく、季節にふさわしい銘についても、事前に候補をいくつか準備しておかなくてはならない。薄茶のときは拝見があったりなかったりだけれど、濃茶での問答は必須なので、漢語、禅語から選ばなくてはならないようで、お点前の手順とは別に覚えなくてはいけないことが山ほどある。

あせりながら問答を終えると、元のように棗を棚の中にしまう。左手に棗を受け、右手に茶杓を持ち、座ったまま棚ににじり寄り、まず茶杓を水指の蓋のつまみの右側に仮置きする。右手で棗を持って、左手で左側の襖を開ける。次に左手の上に棗をのせて、右側の襖を開ける。棗を右手に持ち替えて中に入れ、右手で右側の襖を閉め、左手で左側の襖を閉める。

棗を右手に持ち替えて中に入れるときに、左手の上には何もない状態になる。左膝の上に置いておかなければならないのに、手のひらを上に向けたまま、「何かちょうだい」の手つきになっていたのが、とても恥ずかしい。どうして右手は右膝、左手は左膝といった子どもでさえできる簡単なことができないのかと、本当に情けなくなる。そして右手で水指の上に置いておいた茶杓を取り、左手にそれを持たせて下がり、出入口の襖の向こう側に座って茶杓を体の右側に置き、礼をして終わるのである。

棚のかわいい襖を開けたり閉めたりは楽しいのだが、とにかく釜を大きく揺らしてしまったことと、右手右膝、左手左膝の鉄則ができなかったことが悔やまれる。想像どおり、立ち座りのときに足がばきばきと音をたてる。足のしびれについては、慣れてきたような気もするが、何とかごまかせた。転ばなくてよかった程度の低い目標を掲げ、いろいろとやらかしたものは仕方がないので、次はできるようにしようと考えるしかなかった。

右手と左手の鉄則

先輩方のお点前を拝見するのはとても勉強になる。なぜ闘球氏や白雪さんがお点前をすると、釜がほとんど揺れないのか。私がしたときは、師匠が止めるほどの揺れだったのに、優雅に揺れているだけである。これがお稽古の年数の差なのだろう。御菓子は、お薄は江戸時代の禅僧仙厓和尚《せんがいおしょう》ゆかりの○□△を模した「茶果」という干菓子。お濃茶は「佐渡路《さどじ》」だった。緑色のきんとんの上に、菜の花のような黄色のそぼろが、ところどころにあしらってあるのがとても愛らしい。

梅子さんがいるときは、私が点てたお茶を飲んでくれるけれど、彼女が仕事でお休みのときは、自分で点てて自分で飲む自服になるのだが、どうもおいしくない。味が薄っぺらいのである。さすがに先輩方が点ててくださったものは、味わいがある。いつになったら、そこまでできるようになるのやら。いつまでも手の動きすらできないようでは、道のりは遠いとため息しか出てこないのだった。

次のお稽古のときは、母のところからまわってきた木綿の薩摩絣《さつまがすり》を着ていった。といっても以前に着た笹柄の紬《つむぎ》同様、お金を出した私のところに戻ってきたものである。この着物もあまり好きではないので、お稽古用になった。帯は京紅型《きょうびんがた》の九寸帯にした。徒然棚のお稽古の二回目だが、お釜は相変わらず天井からぶら下がっている。床の間のお軸は先代の家元の書で「花始開」と書いてあるのだと、師匠が教えてくださった。「今日」の銘が入っていた。お花はバラの新種で、薄緑色でまるで芍薬《しゃくやく》のように花びらがたくさんついている。薄紙のような繊細な花びらが美しかった。

私は最初からお点前の段取りを忘れたうえに、やはり右手と左手の鉄則が守れず、そこに集中すると、棗を取り出すときに、右側の襖から開けようとして、師匠から、

「あら？」

と声がかかる始末である。頭の中ではわかっているはずなのに、どうして体が思うように動いてくれないのかと腹立たしい。まあ年齢的にいって、どこかの配線が切れているのだろうが、もうちょっと何とかなって欲しいものだ。そのうえやはり着物だと立ち座りがうまくできず、もっと下半身にゆとりをもたせた着付けができないといけないのがよくわかった。

帛紗捌きをしているときも、

「ちょっと待って。帛紗はそれで大丈夫ですか」

と師匠からストップがかかり、広げてみたら持っていた帛紗のわさの位置が違っていたことが判明した。懐中するときのたたみ方から間違っていたらしい。それと柄杓の持ち方が、この場合は上から持つのかそうでないのかが、まだいまひとつ理解できていない。

釜の蓋を取る前に、カニばさみの手つきで、左手で柄杓と帛紗を持って、右手で帛紗を取り、つまみにかぶせて蓋を持ち上げ、蓋置に置くのだけれど、いくら右手でひっぱっても帛紗が取れない。

「あのう、帛紗が取れないんですけど」

そう小声でいったら、師匠が、

「えっ、あら、どうしたのかしら」

とつつつつと寄ってきて、

「もう一度やってみましょう」

と傍らで見ていてくださった。正しくは左手の人差し指と中指で帛紗をはさんで、親指と人差し指で柄杓の柄を持つのに、私はその両方を親指と人差し指で持っていたので、帛紗が取れるわけがないのだった。

（くくーっ）

前にできたことができない。これがいちばん悔しい。三歩進んで四歩下がっている気分になる。

水を注ぐ

薄茶のお点前の最後に、先週はお稽古をしなかった、水指へ水の補充をするお稽古をした。水屋から陶製の水次を持ち出す前に、茶巾をお茶碗に仕込むときと同じ形にたたみ、蓋の手前、つまり自分のほうに向けてのせ、注ぎ口は右側にしておく。水次は本体の高さが十六センチくらいはあるし、陶製なので重さもある。絶対に落としてはいけないと、左手はぎゅっと取っ手を持ち、右手は底に指をかけていたら、

「基本的に重そうに持ってはいけないので、右手は底には手を触れないで、指を揃えて注ぎ口の下のほうを持ってください」

と師匠から注意を受けた。とにかくすべり落とさないようにだけを考えて、棚の前

に座り、体の正面に置くと、

「これから水指を棚板ぎりぎりまで前に出しますから、そこだと邪魔になるので、水次をちょっと左脇によけて」

といわれる。棚の地板に置いてある水指の下側を両手で持って、ひきずらないようにして板ぎりぎりまで前に出し、右手で蓋のつまみを取り、丸い蓋の時計の九時の位置を左手、三時の位置を右手で取って、両手で蓋を水指の前に立てかける。茶巾を右手で取り、茶巾を注ぎ口に少し当てる。このときも左手で補助をしようなどと思わず、じっと左膝の上で待機させなくてはならない。そして左手で取っ手を持ち、水を注ぐ。私が想像していたよりも、どどっと水が出てしまい、思わず、

「わわっ」

と声が出てしまった。

水を注ぎ終わったら両手で水次を置き、茶巾を注ぎ口に沿って拭《ふ》き上げるようにして、ふくだめの部分が注ぎ口のところまできたら一瞬止めて、持ってきたときと同じように蓋の上に戻す。そして右手で三時、左手で九時、右手でつまみを持って蓋を閉め、両手で水指の下側を持ってもとの位置に戻す。水次は左手で取っ手、右手で注ぎ

口の下側を同時に持って立ち上がり、客付の右回りで水屋に下がる。水を注ぐのでさえ、私にとってはひと苦労である。

「お棚の脚の本数もいろいろとあって、それによって水指の扱いが違うんですよ。棚が二本脚だったらそのままの位置、今回の徒然棚のように三本脚だったら地板ぎりぎりまで、四本脚だったら畳の上に下ろすんです」

師匠から教えていただいて、へえ、そうなのかと思ったが、一方では、どうして全部の棚に共通のやり方にしなかったのかと恨みたくもなった。ひとつの所作だけ覚えていればいいというわけではなく、棚の種類によって変えなくてはならない。

「基本がわかっていればできますから、大丈夫ですよ」

その基本がわかっているかどうかが、問題である。おまけに水屋の棚を見たところ、陶製の水次だけではなく、注ぎ口に蓋がついた薬缶《やかん》もあった。きっとこれにはこれの所作があるのだろうなと、横目でじーっと眺めていた。

嘘を教えてしまう、大失敗をする

次に梅子さんがお点前をしたのだが、そのときに彼女にうっかり違うことを教えてしまった。お点前をする場所を居前《いまえ》というのだが、そこにお茶碗を運び出すときに、お茶碗にのせる茶杓は、上向きか下向きかと聞かれて、つい、

「上向き」

と嘘を教えてしまったのだった。もちろん師匠から、

「お茶杓の櫂先《かいさき》は下向きに伏せるのですよ」

と注意を受けている梅子さんに、

「ごめんなさい。私、嘘を教えてしまいました」

とその場で謝った。師匠は、

「あら、そうだったの」

と笑っていたが、前途多難だと思われたのに違いない。いつもながら、梅子さんの立ち座りがとてもスムーズでうらやましい限りである。

梅子さんが点てたお薄を、わらび、流水、桜などを象《かたど》った春らしい干菓子でいただく。お点前をするよりも客人のほうが楽かと思ったのだが、客人には客人の作法があるので、これがまた難しい。亭主がお茶を点て、縁外に出したお茶碗を、にじって取りに行くのだけれど、着物の滑りがいまひとつよくない。紬やワイドパンツのほうが

まだスムーズに動ける。家で家事をするのだったら、木綿がいちばん汚れに強くて動きやすいけれども、茶室での畳の上をにじる所作をするには、向いていなかった。それも私が超初心者だからかもしれないが。

客人となっても、「お先に頂戴いたします」の挨拶《あいさつ》を忘れたり、飲み終わった後にほっとして、飲み口を指で清めるのを忘れたり、正面を相手に向けるのをしなかったりと、忘れていることだらけである。お点前も客人の作法もできないとなったら、どうしようもない。どちらの立場でも、ひとつでいいから滞りなくできますと、胸を張れるようになりたい。

初心者の私と梅子さんであたふたとお稽古をしているうちに、闘球氏がやってきた。最初に釣釜の炭手前をお稽古するそうである。私たちはただただ見学しているだけなのだが、ぶら下がっている釜を鎖からはずすときに、師匠と彼とで、「鎖の三つ目、七つ目」などという言葉が聞こえてきたと思ったら、鉤《かぎ》を鎖の三つ目にひっかけていた。ひっかける鎖の位置まで決められている。適当にどこでもいいというわけではないのだ。大きな懐紙が束になったものの上に取り外した釜をのせておく。釜の両側にある鐶《かん》のはずし方、置き方にも決まった所作があるようだった。

炭手前が終わると、闘球氏がお濃茶を点ててくださった。今度は正客の場所を梅子さんと交代した。主菓子は「夜光の玉」という名前で、小倉餡《おぐらあん》を求肥《ぎゅうひ》で包み、けしの実が全体的にまぶしてあるものだ。抹茶は柳桜園の「長松の昔《ちょうしょう》」。いつもながらお茶もおいしいが、御菓子もおいしい。物覚えが悪いために反省ばかりしているお稽古は、このひとときがあるおかげで、次もがんばろうという気持ちになるのだ。

正客は梅子さんにお願いしたので、拝見の問答などはまかせて気楽な気分でいたのだが、末席の私にもお茶碗を返したり、拝見したお道具を正客に渡したりしてから、静かに自席に引き下がるといった所作もあり、ぼーっとお茶を飲んで御菓子をいただいていてというわけにはいかない。

白雪さんのお濃茶のお点前はカカオ豆を砂糖でコーティングした御菓子でいただいた。先輩方が点ててくれたお茶は、どちらもとてもおいしいのだけれど、同じお茶で同じ点前で点てているのに、やはり味が違う。その人の何がお茶に影響するのだろう。自分で点てた薄茶は、平べったい何の趣もない味なのに。

月の最後のお稽古は大失敗からはじまった。一回目のお点前の最中に、畳の上にお湯を垂らしてしまい、つい茶巾で拭いてしまったのを、師匠から叱られた。

「茶巾はお茶碗を拭くもので、畳を拭くものではありません」

本当にその通りで、

「誠に申し訳ございませんでした」

と謝るしかない。心の中で自分に、

「馬鹿!」

と百万回いってやった。二回目はちゃんとしなければとは思ったが、やっぱり手順を抜かしたり、一瞬、迷ったりとスムーズにはいかなかった。黄色の蝶と緑色のわらびの琥珀《こはく》糖で、自服の薄茶を飲んだ。師匠から、

「いかがですか」

と聞かれたけれど、首をかしげて、

「いまひとつ、としかいいようがありません」

としかいいようがなかった。

闘球氏と白雪さんは、炭手前をお稽古していたが、力仕事もあって見ていて大変そうだった。「しょずみ」「ごずみ」という言葉が聞こえたが、それが何をさすのかはわからない。見たところ前にしていたお手前とは違うようだった。

炭手前のお稽古が終わり、闘球氏のお濃茶をいただいた。主菓子はうす桃色の「桜《さくら》形《がた》」という五角形の薯蕷饅頭《じようよまんじゆう》で、桜の花の焼き印が押してあった。ああ、おいしいと思いながら放心していると、師匠から、

「もう一度、お稽古なさいますか？」

と聞かれたので、

「本日も電池切れいたしました」

とお断りしてしまった。こんな根性のないことではだめだなあと反省しつつ、スーパーマーケットで晩御飯の食材を買って帰った。

第五章　違いを超えていく

人前で恥をかく

とにかく茶道に関しては、何も知らないので、習っていそうな周囲の人に片っ端から聞いて、情報を得ようとした。ある人は興味があって、一度、椅子に座り、テーブルでお点前《てまえ》をする「立礼《りゅうれい》」のお稽古《けいこ》を体験入学した経験があるが、先生が好きになれそうにもなかったので、お稽古に通うのはやめたといっていた。人との相性はあるので、それは仕方ないだろう。

茶道とは一見関係なさそうな、パンキッシュなファッションの人が、中学、高校と習った経験があったり、いかにも習っていそうな、きちんとした立ち居振る舞いの人が習っていなかったりして面白かった。その彼女は、

「他の人が見ている前で、恥をかくのはいやだ」

といった。マンツーマンではなく、他の誰かが同じ室内にいて、じーっと自分たちのことを見ているというのがどうしてもいやだという。お稽古事というのは、先生と一対一で習うのも大切だが、他の方が習っている様子を知るのもとても重要だと思う。

私が子どものときにピアノを習っていた先生は、近所に住んでいた外交官の奥様だったのだけれど、レッスン室はご自宅の応接間で、次の生徒さんたちは同じ部屋のソファに座って、私が習うのを見学していた。もちろん叱られるのも見られているし、間違ったところも全部聞かれていた。三味線のときは、他のお弟子さんたちは控えの間で待機しているため、お稽古部屋は師匠と私のマンツーマンだったが、もちろん弾いているのが聞こえる。間違えたところもみんなわかってしまう。その方が間違えたとしても、そこは間違えやすいところなのだろうし、自分も気をつけなければと思った。逆にまだ習っていない曲をお稽古されているときは、そのように弾くのかと勉強させていただいた。できなかったら恥ずかしいという気持ちもわからないではないし、私もできれば恥はかきたくないが、恥をかくのもお稽古では必要なのだ。

こんな私でも、なるべくなら人前で恥はかきたくないが、失敗しても、やっちゃったものは仕方がないと諦《あきら》められるようになった。年齢を重ねて図々しくなったのだろうが、情けないなあと苦笑するだけである。多くの場合、それで済むのである。できないからお稽古しているのであって、こんな不肖の弟子で師匠には申し訳ない気もするけれど、どうしても恥をかくのはいやだという人は、お稽古事には向かないのかもしれない。

流派が違う

そして習った経験がある人、今、習っているという人にいろいろと聞いてみた。私とは違う流派で習っている人は、

「畳半畳を三歩で歩くようにといわれています」

といった。私が教えていただいているのは裏千家《うらせんけ》なのだけれど、半畳は二歩で歩くようにと師匠からいわれている。畳の縁を越して入るときには右足、出るときは左足を守るようにと教えていただいた。しかし三歩となると、その法則が崩れてしまうので、流派によってそれぞれ作法が違うのだろう。

他にも、

「御菓子を二口で食べるようにといわれているのが辛《つら》い」

といっている人もいて、そこまで厳しいのかとびっくりした。たしかに御菓子のなかには、何度も懐紙の上で切っていると、ぽろぽろと崩壊してくるものもあって焦るのは事実である。私はなるべく御菓子は味わって食べたいので、小さい干菓子などはともかく、主菓子のある程度の大きさがあるものは、正直、二口で食べるのはもったいなくて、ゆっくりと味わいたい。

この話を師匠にしたら、

「昔は御菓子が今よりも小さかったかもしれないので、それも可能だったのでは」

とおっしゃった。たしかに干菓子などは小ぶりなもの、薄いものが多いので、二口で食べられる。しかし現代の大ぶりな主菓子を無理をして二口で食べたりすると、口の中がいっぱいになってしまうし、ほっぺたもふくらんで、あまり見た目はよくないような気がする。二口で食べられる小さな主菓子のみを出すという方法もあるかもしれないが、いただく側からすると、図々しいかもしれないけれど、ちょっと物足りないなと思ってしまう。それも教える師匠の方々の考えの違いなのだろう。

私の師匠は、

「食べづらかったら、かぶりついてもいいですよ」

といってくださるので、遠慮なくかぶりつかせていただいている。食べづらいもの、大きめのものを二口で、といわれたら、困ってしまうし、年齢も年齢なので喉《のど》に詰まらせてしまう可能性もある。

薄茶のときは、飲んだ後に左の手のひらに茶碗をのせ、口をつけた場所を、右手の親指と人差し指で拭《ふ》くのだけれど、

「私は親指と薬指で拭くようにいわれていました」

という人もいた。どれが正しいというわけではない。小唄と三味線を習っているときも、同じ曲でも師匠によって、多少のアレンジが加えられていた。和物のお稽古は、師匠の教えが第一なのだと感じたのだった。

七、八年間、ずっと薄茶点前ばかりをお稽古しているので、周囲の人から、

「いったい何のためにやっているのか」

といわれているという人もいた。その理由をたずねると、薄茶、濃茶とお稽古が進んでいくと、お点前が複雑になってくるので、このままでいいかなと思っているそうだ。

「濃茶の仕覆の紐《ひも》の扱いなんて、とても面倒くさそうだし」

たしかに先輩方の濃茶のお点前を見ていると、そう感じることはある。それでも彼女

はずっとお稽古に通い続けているのだから、茶道は離れ難い魅力があるものなのだろう。

『『拝見ありで』といわれると、棗《なつめ》を帛紗《ふくさ》で清めなくちゃならないから、心の中で『チッ、面倒くさい』と舌打ちしちゃうんですよね」

といったので笑ってしまった。

お稽古には必ず着物で行っているという若い人は、

「行くと必ず、先輩や師匠が着付けを直してくださるのがとてもありがたいのですが、直されないことがなくて、お稽古に行くたびに、それがずっと続いているんです。どれだけひどい格好で道中を歩いているのかと悩んでいます」

といっていた。

どういう状態であれ、自分で着ているところが立派である。何度も着ていれば慣れてくるし、私も着物を着ても、今日はここが変だというところがいつもある。帯を締めるときの癖でたれが長めになったり、手が短くなったりと、完璧《かんぺき》だと満足したことなど一度もない。まあ、こんなものでいいか、と外に出ていく。その方も直してくれる親切な方々が行き先にいらっしゃるのだし、そんなものでいいんじゃないだろうか。お稽古に着物で通っていることを褒めてあげたい。

お稽古着の試行錯誤

私のお稽古時の着物については、まだまだ試行錯誤中である。洋服だと立ち座りができるようになったのに、着物だといったん正座をしてから立ち上がろうとすると、足にあれこれからみついて、スムーズに動くことができないのは相変わらずだ。お稽古では、だいたい二、三回、お点前がまわってくるのだが、着物でお稽古をしていると、背中側の襦袢《じゅばん》の衿《えり》が、着た当初は五ミリから一センチほど着物よりも下にあるものが、終わりの頃には、前側の衿には問題がないのに、襦袢の後ろ衿が、そこから二センチほど下がってしまう。着物の衿が上にかぶっているわけでもなく、襦袢の背中側だけが下がるのだ。襦袢はすずろベルトで押さえ、着物にはコーリンベルトを使っていたのだが、まずは着てからでも多少の調整ができるように、両方とも伊達締め、胸紐に戻してみて、様子を見ようと思ったものの、この夏の猛暑ではとても着物を着て検証する気持ちにはならず、試すことはできなかった。

襦袢に関しても、踊りなどをなさっている方は、ふだんは二部式襦袢を使っているようだ。いわゆる「うそつき」といわれているものである。私は長襦袢が好きなので、持っている襦袢のほとんどがそれなのだが、二部式のほうが上半身と下半身が分かれているため、立ったり座ったりという下半身の動きに上半身が影響されない。二部式にすると、私の後ろ衿が沈んでしまう問題も解決できるかもしれない。着付け小物、襦袢など、気温が二十三度を下回る日になったら、いろいろと試してみようと考えている。

着付けもまだうまくいかない。上前《うわまえ》は広めに着付けるのがよいそうだが、まあそれは可能としても、裾《すそ》広がりではなくそれでもゆとりがありつつ、立ち座りができる着付けというのが難しい。もしかしたら立ち座りをしているうちに、だんだんといい頃合いになっていくのかもしれないが、最初から動きがうまくいかないのは、やはり私の着方に問題があるのに違いない。

茶道の着物の着方

立ち座りを楽にするには、足を開いて着付けたほうがよいとなると、両方の褄《つま》を相当上げないといけない。今はほとんど耳にしなくなったが、母は裾広がりになってしまった着物の後ろ姿の状態を、下側が広がっている行灯《あんどん》の形になぞらえて、「あんどんになる」といっていたけれど、そんなふうになりそうだ。いくら下半身はゆったりめといっても、最低限、後ろから見たときに、上前の八掛《はっかけ》が見える状態が望ましいだろう。私は着付け教室で習ったことはなく、本などで着方を見て、やりやすい方法を自分で組み合わせて着ていた。しかしその本で教えている方々は、着物を着て立ったり座ったりするときの着方を教えていたわけではない。どうやったら立ち姿が美しく見えるか、細く見えるかといった着方である。おまけに皺《しわ》ひとつないような、ぴっしりとした着方で、それを見て、

「こんなんじゃ、動けないわよ」

と思ってはいた。茶道を習ってみて、根本的に考え方が違う着方だったということがわかり、まずそこから頭を修正していかなくてはならなくなったのだ。

ほとんどの日本人が着物を着ていた時代の、着物で動く、働くものとしての、本来の姿に戻ったわけだけれど、問題なのはそれが木綿などではなく小紋というところなのだ。これが動ける着物としての本来の姿と考えれば、ぴっちり、きっちり着ていたら動けないのは当たり前で、行灯になっていなければよいとは思うのだが、その頃合いが難しい。襦袢の衿が沈むのも、着方によくないところがあるから、そうなるのだろう。

そこで家で着物を着て、立ち座りができるかどうかを試してみた。普通に着るといつもの癖で、同じような着方になってしまうので、足を開いて着付けてみた。師匠のように肩幅まで開いて褄を上げて調整するという、達人技のような着方はできないので、少しずつ足を開いて着てみた結果、ちょうど文庫本の縦の長さ、うちのフローリングの床板二枚分の巾《はば》、約十五センチくらい足を開くと、着たときにいい感じがした。これだと立ち座りをしたときに、窮屈な感じがせず、着た後も行灯にはなっていなかった。

しかし正座から跪座《きざ》になって立ち上がるとき、時折、膝《ひざ》に裾よけがひっかかるのが気になった。それならば輪になっている東《あずま》スカートのほうが、前の部分にゆとりがあるので、楽なのではと試してみたら、こちらのほうが私としては楽だったが、逆に東スカートでは足捌《さば》きが悪くなるという人もいるので、今後の検証が必要だろう。

ひとつ不安があって、以前、冬に東スカートを穿《は》いていたところ、静電気防止剤をスプレーしたのに、歩いているうちに静電気が発生したのか、何かのはずみだったのか、前の重なっている部分が右足にからみついてきて、ものすごく歩幅を狭くしないと歩けなくなったことがあった。ステテコを穿くのであれば、裾よけは必要ないといわれたこともあり、そうなるとこの問題は解決する。どれが自分にいいのか、まだわからない。

古書店で見つけた、平成のはじめに出版された、茶道の着物に関する本を続けて二冊読んでいたら、あれっと思った記述があった。一般的に、着物に腰紐を締めて上半身の衿やだぶつきを整え、おはしょりを作るとき、下前を折り上げて上前だけでおはしょりを作り、胸紐、コーリンベルト、伊達締めなどで押さえるといわれている。その理由は下前の分の布地がおはしょりにあると、厚みがでてお腹まわりがすっきりしないというのが理由である。しかしそれらの茶道の着物の本には、一般的には三角形に折り上げるけれども、茶道の着物はそうしないで、そのまま下前ともども二枚でおはしょりを作り、胸紐、伊達締めなどをすると書いてあった。その理由は、胸元に帛紗、古帛紗、懐紙などをはさんで出し入れするので、衿が崩れがちになる。ゆるみを直すためには、衿が通っているおはしょりの部分を引いて直すのだけれど、下前が一緒になっているほうが、衿元を直すときに具合がいいというわけなのである。

おはしょりの布地が一枚になっているほうが、すっきりは見えるけれども、着崩れを直すとなると、たしかにそのほうが直すのが楽そうだ。

「なるほど」

と理論的には深く納得したのだが、おはしょりを作るときは下前はそのまま、下半身の裾つぼまりもほどほどとなると、今まで頭の中に入っていた着付けとは違ってくる。ただ私が小紋などの柔らかものを着るのに慣れていないこともあり、下前を上げるときに布が垂れてきて結構、面倒くさく、胸元で格闘せざるをえない。それをしなくていいのは楽だ。

昔の写真を見ると、ほとんどの女性のおはしょりは、もこもこしている。若い娘さんのなかには、着物の身丈の問題か、おはしょりの長さが十数センチくらいになっている人もいる。朝から晩まで着物を着て過ごしていた人たちの着方はそうだったのだろう。動き働く着物ではなく、美しい着姿の着物をと思った方々が、戦後になっておはしょりを上に折り上げる着方を考えついたのかもしれない。こちらのおはしょりの処理をしない着方も試してみたいものだ。腹回りは少し気になるけれど。

ずいぶん前のことだが、超有名な料亭で着物の展示会があり、着物のプロの知人を誘っていったのだが、柔らかものを着ていた女将《おかみ》が、

「私がお客様にご挨拶《あいさつ》させていただくときに着る着物は、お洒落《しやれ》着ではなくて、仕事着なのです。立ったり座ったりを繰り返していますと、すぐに裾が擦りきれるので、

丈は長めに仕立てています」

とおっしゃっていた。一般人のお洒落着の、小紋、色無地、付下げなどが仕事着なのである。その方の着方は、きっちりとした裾つぼまりではなく、行灯ではないがゆったりとした着方をなさっていた。

最近は高齢者はもちろん、若い人でも正座が難しい方が多くなったので、立礼も多くなってきたようだ。正座からの立ち座りがないこの方式だったら、着物の着方もそれほど気にしなくてもいいのかもしれない。でも今は目の前にある自分の問題を、ひとつひとつクリアしていかなくてはならないのだった。

長襦袢をどうするか

手持ちの着物を広げてあれこれ考えていたところ、とても大事な問題に気がついた。師匠からは、立ち座りに影響するので、着物の着丈は短めにと教えていただいたのだが、着物の着丈はどうにでもなるけれど、問題なのが長襦袢だった。二部式襦袢だと、上下が分かれているので、裾よけの丈は調節できる。しかし長襦袢はそうはいかない。私の今の寸法は、最初は高校生のときに採寸し、二十代のときに一度修正し、三十代、四十代となって、また新たに確認してもらいながら決めた寸法だった。

　せっかくのきれいな柄をなるべく分量多く着たいので、身長に比してやや長めに仕立てていた。背が低いので、着物の着方も縦長の印象にしようと、どちらかというと紬でも着丈は長めだった。それが立ち座りがうまくできるように、今までよりも短めに着てみると、動いたときに後ろから襦袢が見えてしまうのがわかった。大々的に見えるわけではないが、後ろを向いて鏡で調べた結果、動きによっては五ミリほど見えてしまう。二部式襦袢のほうが便利とおっしゃっていた、着物を着慣れている先達の言葉に納得した。

　自分の身長が縮んでいる可能性もあるので、部屋の柱で調べてみたら、五ミリ縮んでいた。この五ミリは他の人にはたいしたことがない長さだが、背の低い私にとっては重大な長さである。この縮んだ五ミリが襦袢が見えてしまう元凶なのか。これから先、身長が伸びることなど絶対にないので、今後を考えると、あらためて襦袢丈を見直したほうがよさそうだった。

　大幅に丈が長かったとしたら、襦袢を着るときに腰紐などを使って調整できるけれども、この一センチ、二センチというのが微妙である。昔、歌舞伎役者の奥様の着物の本を読んだら、襦袢も丈を長めに仕立てて、着物のようにおはしょりをして着ていると書いてあった。着物を頻繁に着るので裾が切れてくるため、すぐに裾でカットして直せるようにしているとのことだった。しかし着ている本体が縮んでいくとなると、それとは違う話になる。

インターネットで調べてみたら、ちょっとくらい長い場合は、長襦袢の胸紐に長い分をひっかけて、その上から伊達締めを締めればよいとあった。しかし立ち座りやら、畳の上をにじっているうちに、それがひっぱり出されるのではないかと不安になる。それならば最初から長襦袢の丈を短くしてしまえば、そういう心配もなくなる。

かといってお直し代の問題もあり、全部の襦袢を直すのもなあと悩んだ結果、長い分は、後身頃の内上げの下の部分で、つまんで縫うことにした。一センチだけを縫い込むのは余計に面倒なので、今後、背が縮むことも考えて、四センチ分を二つ折りにして、ぐしぐしと縫った。これで後ろの丈は心配しなくてもよくなった。前身頃のほうは、着てみたら問題なかったので、そのままにしてしまった。この襦袢を着て何か問題があったら、また修正しなくてはならない。まあこれも勉強である。

第六章 「道」どころではない

同じ動作が記憶からこぼれ落ちる

お稽古《けいこ》にうかがうと、炉《ろ》の中の風景が変わっていた。UFOみたいに広いスカートのような羽がついていて、炉中にすっぽりはまっている。「透木釜《すきぎがま》」という名前だそうだ。四月は暖かくなってくるので、五徳を使わずに炭火を見せないようにする。そして炉に風が通るように、透木という拍子木状のものを炉壇に置いて、その上に釜の羽をのせるという。季節の微妙な変化に応じて、細かく設《しつら》えが変わるのに感激したものの、自分のお稽古は、相変わらず感激できるようなものではない。

棚などがない基本的な薄茶のお点前《てまえ》を「平点前《ひらてまえ》」という。初心者の私は毎週、お稽古をしているのだが、なかなかすべてが覚えきれない。お稽古のときに注意されたことを書きとめたり、お稽古に行く前にはYouTubeを見て確認したりしているのに、いざとなると、ころっと忘れている。いちばん忘れがちなのは、茶碗に抹茶を入れてから水指の蓋《ふた》を取るところで、どう考えても、せっかく抹茶を入れたのだから、そのまま茶碗にお湯を注いでお茶を点《た》てたほうが効率がいいと思うのに、ワンクッションあるのだ。だからその部分がスムーズにいくかというとそうではなく、

（お茶を入れたら蓋開け、お茶を入れたら蓋開け）

と腹の中で唱えて、何とか手順を忘れないようにしている有様なのだ。

それと所作が大きく変わる場合は、何とか覚えているのだが、たとえば建水という湯水などを捨てる器を、最初に置いた場所から、少し上座に置き直すとか、茶筅《ちゃせん》などを出したあと、そのままでも手は届きそうなのに、茶碗を少し膝《ひざ》前に近づけるといった、細かい部分が記憶からこぼれ落ちている。

水指の蓋を開けないと後で水が汲《く》めないし、お釜の蓋を開けないとお湯が汲めない。それは忘れてはいけないことなのだけれど（でも忘れる）、細かい部分をおろそかにはできないのである。蓋置の扱いも、右手で取ってそのまま右手で物を置くという所作は稀《まれ》で、右手で取った場合は、ちょっと左手で扱って、また右手に戻して置いたりする。何でもすぐに、ぐいぐい置いてはいけないのである。それができない、仕草が

がさつな自分に嫌気がさす。先輩方が来るまでの一時間は私と梅子《うめこ》さんだけのお稽古にしていただいたが、最近は梅子さんは平日に仕事があるために、土曜日のお稽古のほうが多くなり、彼女が来ない日は、一時間は師匠と私のマンツーマンのお稽古になった。

銘を考える

お道具拝見のときには、茶杓《ちやしやく》の銘を前もって考えておかなくてはならず、季語などを調べて、季節に応じたものをいくつか覚えていく。しかしなぜか現場に行くと忘れてしまい、内心、

（調べたの、何だっけ。銘を何ていおうとしたんだっけ）

とめちゃくちゃ焦る。なので、最近はメモ紙に五つほど書いてバッグに入れていくようになった。電車に乗っている間、

（考えてきた銘は何ですか）

と電車の中で自分にたずねる。

私は乗車時間が三十分以下のときは、座席に座らずにドアのところに立って、外を

見ることにしているので、そこで動く景色を眺めながら、自問するのである。そのときにすらすらと覚えたものが頭に浮かべば問題ないのだが、だいたい三個くらいで、

（あれっ？）

となる。以前は、覚えていたはずの銘を忘れて焦って、とっさに思いついたものにしたりしていたが、バッグからメモを出すと、ああ、そうだったと思い出す。若い頃だったら、きっと全部覚えていられただろうに、前期高齢者の悲しさである。

この日は棗《なつめ》が菜の花の柄だった。お薄のお稽古で、師匠が正客役で、棗の形、茶杓の銘をたずねるのだけれど、茶杓の銘を八重桜といおうと決めていたものの、棗の柄が花だったので、理由をお話しして、

「若草のほうがいいでしょうか」

とうかがうと、

「そうですね。そのほうがいいかもしれませんね」

というお返事だった。たとえば棗の柄が菜の花で、茶杓の銘を「菜の花」としたとする。茶室内に他にもうひとつ、「菜の花」があって三つ揃ったら、

「まあ、素敵」

ということになる。「二つはだめだが、三つ揃うとＯＫ」のシステムも不思議で面白い。銘を考えるのも楽しいといえば楽しいが、毎週となると結構、頭を悩ませる。舌打ちはしないまでも、「拝見なしで」といわれると、同じようにほっとする私がいるのも事実なのである。

私のお稽古の終わり頃に先輩方が到着する。棗、茶杓の拝見が終わり、茶道口に入った私が、挨拶《あいさつ》のために方向転換をする際に、つい左回りをしてしまったのを見て、すかさず、

「それは逆。右回りですよ」

と声を揃えて教えていただいた。お稽古場の茶道口の場所で、左回りをするとなぜいけないかというと、たとえば湯水を捨てた左手に持っている建水が、客人の目に多く触れるからである。右回りにすれば、建水は体に隠れて目に触れ難い。よく考えれば、左には回らないと思うのだが、何も考えていないので、こういうことになるのだった。

お道具の持ち方も、最初にきちんと教えていただいているのに、たとえば茶碗を持つ手も、右手に神経を集中すると、左手は台の役目なのに、落とすまいとする気持ち

が強くなって、親指を立てて縁を支えてしまう。いつもどちらかに神経が偏ってしまうので、すべてに平たく神経を使わなくてはいけないのが難しい。

私のマンツーマンのお稽古が終わると、先輩方のお点前のために、前に見たのとは違った棚が運び込まれた。寒雲卓《かんうんじょく》という名前の四本脚の二重棚で、前の左側の脚の上部に木製の掛釘《かけくぎ》が出ている。棚を使用するときは、竹以外の蓋置きを使うのだが、地板のない寒雲卓の場合は竹の蓋置を使うのだそうだ。これまたいろいろと複雑そうだ。

「あの掛釘にね、お仕覆の紐《ひも》を掛けるんですけど、長緒《ながお》のときは大変なんですよ」

と白雪さんが小声で教えてくれた。

「長緒って何ですか」

「お仕覆の紐のなかで長いものがあって、それを長緒っていうんです。これがねえ、いろいろと扱いが難しいんです」

私はまだ触ったことはないが、次々と扱いが難しいものが出てくるようだ。

寒雲卓の下には水指が置いてある。この棚は高い位置が二重になっているけれど、他に低い位置で棚が二重になっているものもあり、棚の位置によって、それぞれにお点前が違うのだと白雪さんが教えてくれた。

（いったい、いくつ棚があって、いくつお点前のバリエーションがあるんだ）

とついいいたくなった。

（そんなにたくさん増やす必要があるのか？）

とも思った。でも昔から受け継がれていくなかで、代々の家元が新しいものを生み出してきた結果がこうなっているのだろう。

先輩方は寒雲卓を使って濃茶点前のお稽古である。中棚に私が薄茶の平点前のときに使った棗が置いてある。濃茶のお稽古のときは、棗ではなく茶入を使っているのに、置いてあるあれを使うのかなあと、正座にも多少、慣れてきた私は、何がどうなるのだろうかと、興味津々で見ていた。

しかし見ているだけではなく、私には濃茶の客人としてのお稽古がある。薄茶はカジュアルなものなので、お道具の拝見はない場合があるが、濃茶には必ずある。自分のお稽古がいちおう終わって、ぼーっと座っている私にも、重要な役目があるのだ。私ははっと気がついて、拝見のときの、「お茶入、お茶杓、お仕覆」という必ず守らなくてはならない順番、また、お茶をいただいた後に、「お茶銘、お詰、先ほどいただいた御菓子はどちらで作られたものか」などを、お茶がいちばん偉い順番に則《のっと》って、聞かなくてはならない。自分の考えてきた銘だけを覚えていればいいというわけではないのだ。問答の順番を必死に思い出しつつ、目は先輩方のお点前を見ていた。それが全部頭の中に入っているかどうかは、また別問題なのだった。

濃茶を点てる際に、棚の中棚の棗に入った抹茶を使うわけではなく、闘球氏が別に仕覆に包まれた茶入を運んで荘《かざ》りつけた。あの棗は荘りらしい。お茶を点てるには、仕覆から茶入を出さなくてはならない。仕覆の布地は年代物の名物裂《めいぶつぎれ》が多く、正絹《しょうけん》で繊細なので細心の注意を払う。お稽古場にも、師匠の師匠から受け継いだ、手を触れるのもためらうほどの年代物の仕覆がある。彼が持ち出してきたのは、他のお茶入に比べて、平たい形だった。以前に何度か見たことがある。正客役で「お茶入のお形」を聞いたときに、「だいかい」とうかがった覚えがある。何も知らないので、

「だいかいですか?」

と聞き返したら、

「大きな海と書いて、大海という形でございます」

と教えていただいたのだった。これは平たいお茶入で、マダム向きの高級クリームが入っているような形状のものだ。縦に長いお茶入は普通に横から持てばいいのだけ

れど、平たいお茶入は扱う手順が複雑で、左手で取って右手で上下を持ち、左手にのせたかと思ったら、右手で半月に持ったりと、見ていて頭がこんがらがってくる。

ゆったりとした仕草で彼がお茶入を取りだしたかと思ったら、今度は仕覆の形を両手で丁寧に整え、右側にある長い紐を握ってぐるぐると二回、輪っかにした。

（あれは何だ？）

じっと見ていると、輪っかのなかに余った紐を通したら、その根元を二回、ねじりはじめた。そしてその輪っかを仕覆の中に収め、余った緒の端の輪になっている部分を掛釘に引っ掛けた。

「うまくいくかなあ」

彼がつぶやいたとたん、ずるずると掛けた輪の部分が伸びていった。

「失敗しました。やり直します」

彼はもう一度、仕覆の形を整え、ぐるぐると輪っかを作りはじめたが、それを見ていた私は、とてもあんなことで仕覆が引っ掛けられるとは思えなかった。どこも結んでいないし、固定していない。ただぐるぐると輪っかの根元をねじっただけなのだ。

「巻きつけたところをお仕覆の中に入れることで、それがストッパーになって、引っ掛けられるんですよ」

師匠はそうおっしゃっていたが、正絹の紐はすべりがいいから、そんなことがあるのだろうかと眺めていた。

一同が見守るなか、二度目の挑戦で闘球氏が仕覆を引っ掛けると、見事にそのままの状態で落ちてこなかった。

「すばらしい」

師匠と妹弟子たちで拍手である。

「お騒がせいたしました」

彼が苦笑しながら頭を下げた。お点前のなかで、ああいうこともやるのかと、難題が次々に襲ってくる茶道というものに、私は怖れを感じはじめていた。

もちろんそれは興味深く、楽しいものでもあるのだが、ただ茶碗に抹茶を入れて、ぐるぐると茶筅で搔《か》き回しているだけと想像していたものが、どんどん崩れていった。

簡単なものだとはもちろん思っていなかったけれど、学ばなくてはならないことが、想像を超えて山のようにある。

「精神性」が遠い

習い事、特に和物は、簡単そうに見えて奥が深い。おまけに茶道には「道」がついている。以前、ドイツ文学者の池内紀《いけうちおさむ》さんが、「外国人にとっては、道というと交通のためのただの道だけれど、日本人にとっては特殊な深い意味の精神性がそこにあるから、その違いが面白い」とおっしゃっていたのを思い出した。茶道、華道、書道、香道。運動系では柔道、剣道、弓道を含めた武道がある。そこにはただうまいとか、勝っているとかよりも、精神性が重視されるのだろう。

今の私はお恥ずかしい限りである。まじめにお稽古には通っているつもりだが、今回は完璧《かんぺき》にできそう、と思っても、絶対にといっていいほどうまくできない。精神性云々《うんぬん》以前の問題なのである。その手前の手前のずーっと手前の段階で足踏みしている。お点前が完璧にできないのだから、客人の振る舞いくらいはちゃんと覚えていなければと思うのだが、こちらも同じように忘れる。

先輩方の炭手前のときだった。最初の炭を整えた後に、練香を炉の中にいれるのだけれど、香合の蓋を閉めたのを合図に、正客は、

「お香合の拝見をお願いいたします」

といわなくてはならない。「お香合のお形（由緒がありそうなもの、特に珍しいものについてはその点を詳しくたずねる）、お窯元、お香名、お香元」を聞かなくてはいけないのに、うっかりしてお窯元をとばしてしまった。もちろん師匠からも先輩方からも、優しく、

「お窯元を」

と教えていただく。心の中では、

（ぎゃ、やらかした。お恥ずかしい）

と頭を掻いているのだが、まさかそれをやるわけにはいかないので、

「失礼しました」

とお辞儀をしていい直す。そして、

「はぁあ〜」

とため息をつくのである。これから何度、こんな有様を繰り返さなくてはいけないのか。お点前はともかく、まともに客のマナーも覚えられないのかと自分に呆《あき》れるしかない。

次の週も寒雲卓を使っての薄茶のお稽古だった。柄杓でお湯を汲むときと、水を汲

むときとでは、釜の口に合を落としてある柄杓の取り上げ方が違うのに、それを間違えた。お湯を汲むときは、柄杓の柄を人差し指と中指ではさみ、合を釜の口にかけたままで柄杓を持ち上げて、親指を柄の下に回して鉛筆を持つような手つきで持つ。水の場合は柄を上から取り、柄杓の合を釜の口にかけたまま少し持ち上げ、体の前で水平にして左手で扱い、右手を下側の端から節より少し手前のところに、人差し指がいくように滑らせて、その状態で水指から水を汲む。お湯を汲むときにも上から何度も取ろうとして、そのつど注意を受けてしまった。「何度も」というのが大きな問題である。

マンツーマンのお稽古時間のときに、師匠から茶杓の銘をたずねられて、

「花筏《はないかだ》でございます」

といったら、

「うーん、それは少し遅い」

といわれて、あわてて、

「それでは若竹では……」

というと、

「それならばよいですね」

といわれてほっとした。

白雪さんのお点前は立ち居振る舞いも、お点前のときの様子も美しくて、流れがきれいだなあといつも感心する。一方、私は、「あれ？　あら？」の連続で、ぎくしゃくしてしまう。だいたい居前《いまえ》にぴったりと座るのもままならず、微妙に炉の近くにいきすぎて、膝の前に茶碗を置き、棗をその間に置こうとしたらスペースがなくなり、ずりずりと、

「すみません」

と謝りながら途中から後ろに下がったり、今度は下がりすぎて、左側にある水指の蓋まで手が届かなかったり、単に背が低くて胴が長く手足が短いという私の体型だけではない、根本的な問題が発生していた。

闘球氏が炭手前を終えて、じーっと炉を見つめていた。それを見た師匠が、

「何か心残りはありますか」

と静かに聞いたので、つい笑ってしまった。

「はっ？」

彼はびっくりして師匠の顔を見ていたが、

「これでよかったのかと、思い出しつつ確認していました」

といった。

「よくお出来になりました」

彼はほっとした顔で笑っていた。

「来月からお風炉になりますから、炉のお点前をよく覚えておいてくださいね」

師匠の言葉に私は、そういえば十一月から四月までが炉、五月から十月までが風炉になるとうかがったのを思い出した。私と梅子さんは二月からお世話になっているので、三か月の間、炉のお点前のお稽古をしたことになる。

「お風炉になると、お釜の場所が違うので、座る位置も、お点前も少しですけれど違いますからね。次に炉のお稽古が始まるのは十一月ですから」

「ええっ!」

師匠の言葉に思わず大きな声を出してしまった。まだ炉の薄茶のお点前さえ覚えきれていないというのに、また別のお点前を覚えなくてはならないのか。すると師匠は笑いながら、

「まったく違うというわけではなくて、炉の基本的な平点前ができていれば、それの

バリエーションなので、大丈夫ですよ。それにお風炉のときは、いちいち襖《ふすま》を開けたり閉めたりしなくていいので、それはちょっと楽かも」

と教えてくださった。襖の前での立ち座りがなくなるだけでもありがたい。

「よしっ」

と再び声を出してしまった。

よしっといっても、お点前がちゃんとできるようになるわけではない。ほんのちょっとだけ楽になりそうだという期待のみである。失敗だらけだけれど、お稽古のたびに、師匠が心を砕いて出してくださる、老松の干菓子、俵屋吉富の「都色　京だるまいちご味」。松華堂の緑、白、ピンク色などの春らしい色が三層になっている「春の彩」、とらやの「笹衣」といった主菓子をいただいていると、情けなさや恥ずかしさが消えていく。ふだん、御菓子類は食べなくなったので、余計にうれしい。一週間に一度の大きな楽しみなのだ。来月からはまた新たな設えでのお稽古がはじまる。同じようにバリエーションもいろいろとあるのだろう。御菓子につられているとはいいながら、食べた量に正比例して、自分の実力がついていればいいのだが……。

第七章　お茶がおいしく点てられない

風炉開きにおたおたする

　五月の最初のお稽古《けいこ》を「風炉《ふろ》開き」という。炉のときは客人と向かい合うような形で、畳の中に炉が切られていたが、風炉になると暑くないように火を客人から遠ざけるため、壁側に釜《かま》の位置が移動する。敷板《しきいた》の上に土風炉が置かれ、その上に釜をのせる。もちろんその分、釜の位置が高くなるわけである。今まで炉があったところに四角形の畳で蓋《ふた》をされているのが、不思議な感じがした。

　それを見た私は、炉のときは客人のほうを向いて点前《てまえ》をしたけれど、今度は客人から見えるのは私の右側なので、こそこそするわけではないが、正面から見られるよりもちょっと気が楽だった。風通しをよくするために、襖《ふすま》の開け閉めがないのはとてもうれしかったが、そう簡単には物事はいかなかった。

炉のお点前のときは柄杓《ひしゃく》を扱うのに、人差し指と中指で柄の端をはさみ、親指を柄杓の下に回して鉛筆を持つような手つきにするのと、水を汲《く》むときの上から持つ扱い方の二種類だけだった。

炉のときは合を釜の中に落として伏せたままなのに、風炉のときは合を上向きにして、釜の口の向こう側にのせる。風炉になると釜の口の位置が、私が正座をして手を伸ばすと、やや下の位置になる。柄杓の合も小さめになっている。慣れないので手元が安定せず、何度も釜の中に合を落としそうになった。湯を汲むときは、右手の手のひらを伸ばして、柄の端にあて、合が畳と平行の位置になるまで上げて、人差し指を柄の節の部分まで進め、そのまま持って汲む。しかし点前の途中には、「置き柄杓」「切り柄杓」「引き柄杓」と扱い方が増えるのだった。

置き柄杓は釜の口に置き、柄が釜の正面になるように静かに置く。切り柄杓は茶碗に湯を入れたときにするもので、合を上に向けて釜の口の向こう側に置いたあと、親指と人差し指を直角に広げ、他の指を揃えて、親指の付け根で下から柄を支えてそのまま下に下ろす。いちばん難しいのは引き柄杓で、置き柄杓のように合を釜の口にあずけ、柄を支えている手を少し引き、中指で柄杓を支えたまま、親指を立てて柄杓の端の部分まで伸ばし、親指を四本の指に揃えて、中指を端まで引き、人差し指と親指で輪を作りながら静かに下ろす、というものである。最初、師匠が手本を見せてくださったとき、

「は？」

と思わず声が出てしまった。そして、

（これは絶対にできないぞ）

と思ったのと同時に、

（どうしてこんな複雑な手つきをしなくてはならないのだ）

ともちろん口には出さないけれども、首を傾げるしかなかった。しかし文句をいう私に別の私が、文句をいう前に練習しろと怒っていた。

「こんな複雑なこと、とてもできそうにありません」

そう師匠に訴えると、

「最初はみんなそういいますけれどね、いつの間にかできるようになるんですよ」

とおっしゃる。そういわれたら、

「そうですか……」

と引き下がるしかない。炉も風炉も簡単にお点前ができるわけではないのだった。そして自分もできる気にはならないのだった。

その他、炉のときの香合は陶器などを使うけれども、風炉のときは漆、木などの軽いものを使い、お香も練香ではなく香木なので、拝見のときにたずねる「お香元」がないのだそうだ。とにかく風炉のはじめての薄茶のお稽古は、柄杓の扱いに戸惑い、おたおたするだけだった。御菓子は柏屋の「季節のかさね 菖蒲《しょうぶ》」をいただいた。二・五センチ角ほどの大きさで、少し水分を含んでいて甘すぎない。同じものがなく、私が選んだのは四角の三分の二が黄色、三分の一が茶色のもので、さつま芋餡《いもあん》、白小豆餡、黒糖でできているとのことだった。なかには、ひよこ豆餡とメープルシュガーでできているものもあった。

末席のお役目

先輩方の濃茶のお点前のときには、客人の縁高《ふちだか》の扱いを教えていただいた。縁高はお重のような形になっていて、蓋の上に長い黒文字がのせられている。

「いちばん下はお正客用ひとつ、他の方の分はその上に入っていまして、お客様の人数が多い場合は、お詰《つめ》（末席の客）の分ひとつがいちばん上に入っています」

まず正客は次客に「お先に」と挨拶《あいさつ》をして、縁高を両手で押しいただいて、一番下の段を残して、側面を両手で持って御菓子を確認する。その日の御菓子は、とらやの「三保の浦」だった。そして上の段を斜めにのせて、その隙間から一番下の段に黒文字を一本入れ、一番下の段を自分の前に残して、他の段を次客に送る。そして膝《ひざ》前に懐紙を置き、黒文字で主菓子を刺して上にのせ、お詰が御菓子を懐紙にのせたのを確認して、正客が、

「どうぞ、ご一緒に」

と声をかけて、一同がいただくのだ。私はすぐに懐紙を取って食べそうになったが、

（違う、そうじゃなかった）

と気がついて、出しかけた手を引っ込めた。いまだに目の前のおいしそうな御菓子の欲望に負けて、すぐ手を出しそうになる自分が怖い。

お詰は回ってきた縁高をまとめて、茶道口まで運んでおく。その様子を教えていただいたり、先輩方のしていることを眺めたりしながら、

（客の立場になるのだったら、絶対に負担が少なそうな真ん中がいい）

とずるくうなずいた。そして正客が一番下の段をのぞいたときに、自分の主菓子が入っていなかったら、どうなるのかなあなどと、想像したのだった。

次の週のお稽古には丸卓《まるじょく》という、天板、地板が丸い棚が置かれていた。蓋置は菖蒲の柄のものを使った。棚の上には棗《なつめ》、下には水指が置いてある。お点前では、

(やっぱり引き柄杓は苦手)

と四苦八苦した。自分はやっているつもりだが、他の人から見たらどうなっているかがわからないので、こんなものかなと、さぐりながらやるしかない。そしてふっと見たら、蓋置を置くときに、正面にしていなかったのに気がついた。菖蒲の花が小さいのである。

(たしかもっと大きく菖蒲の花が描かれていた場所があったはず)

適当に置いてしまったのに気がついたが、見てみないふりをした。もちろん後で師匠には報告しておいた。

「この場合は、最後は『入』の字になるように天板の上に柄杓と蓋置を置いて、最後にお棗を蓋置の対称位置に荘ります」

師匠にいわれるまま、棚の上に斜めに柄杓を伏せて置いた。そして蓋置を今度はち

ゃんと正面がくるように、「入」の字になる場所に置いた。こういうふうに荘《かざ》るときには、蓋置にも重要な役目があるので、季節に合った意匠や形が様々なものを、次々と集めたくなりそうだ。蓋置だけではなく香合など、手のひらにのる大きさの、小さくてかわいいものがたくさんあるのだ。

水屋に建水を持って下がった後に、棚の水指に水を入れなくてはならないのだが、水次に水が入るとやはり重い。軽そうに持とうとすると落としそうになる。お道具は愛情を持って扱わなければならず、私はがさつで大雑把な性格なので、気をつけなくてはいけない。ささまの干菓子「青楓」「鮎」、主菓子のとらやの白茄子《しろなす》を象《かたど》った、「なすび餅《もち》」がとてもかわいい。中は白餡に黒ごまが入っていて風味がよく、おいしかった。

何度やっても忘れる

月末までのお稽古は、棚が変わってひさご棚になった。ひさご棚は壁付き側の板がひさご形にくりぬかれていて、そのひさご形がそのまま棚の天板として使われている。支えているのは客側の一本の棒のみで、地板がある。棗は棚の上に置かれていた。壁付き側の板の上部には竹の掛釘《かけくぎ》がある。棚なので竹の蓋置ではなく、蓋置きが並んでいるなかで、水色のとげとげがある陶製のサザエを選んでみた。

このサザエは下側が平らで上に三センチほどのとげとげが出ている。このまま使うと上に蓋や柄杓が置けないので、使うときはさかさまにする。平らな部分に蓋や柄杓を置き、とげとげが脚になるわけである。こういった不規則な形の蓋置はどのように扱っていいかわからず、師匠にうかがうと、

「右手でサザエを取って、左の手のひらの上にのせます。平らな面が上になるように、右手で外に開くようにしてひっくり返して、また左手にのせます。しまうときは、上が平らの状態のまま取り上げて左手にのせて、さっきとは逆に内側に閉じるようにしてひっくり返します」

こちらもちゃんと作法があるのだった。

お点前をする前に、茶碗を持ち出したら、棗を棚から下ろして、置き合わせる。お点前中、柄杓の持ち方、建水、茶碗を引くタイミングをやっぱり忘れた。

「お点前の手順を覚えたら、お客様から見て、きれいな所作になるように、気をつけましょうね」

師匠の言葉に、

「はい」

と返事はしたものの、いったいいつになるやらである。

白雪さんにお出しした茶碗が戻ってきて、仕舞いの茶筅《ちゃせん》通しなども終わり、片づけが済み、拝見を請う声がかかると、師匠から、

「柄杓をその掛釘に掛けて」

といわれた。つい右手だけでひょいっと掛けようとして、

「左手を添えて」

と注意される。何でも楽にやろうとする癖も何とかしなければいけない。そしてサザエの蓋置は、柄杓の下に置くようにと教えていただいた。水次も本来ならばこの棚の場合は、水指を棚から出さないで手前にずらすだけとのこと。その手順は今回は省略となった。棗と茶杓の拝見が終わって問答も終わり、左手に棗、右手に茶杓を持って帰ろうとすると、

「水指の正面に向いて」

と師匠の声がした。あれっと思いながら、座ったまま、ずりずりと九十度移動すると、

「まず茶杓を水指の蓋の上、右側に置いて」

いわれるがままその通りにした。

「そしてお棗を天板の上に荘ってください。そして茶杓だけ持って帰ります」

（ええっ、そんなことがあるのか）

と驚きつつ、最初にあったように棗を荘り、茶杓だけ持って茶道口に戻ろうとしたら、

「お茶杓は下げて持たないように。上げても変なので、胸の下あたりで畳と平行になるように持ちましょう」

と注意を受けた。もう終わりと気を抜いていたのがばればれである。そのうえ茶杓だけを持って帰るのに慣れておらず、何かものすごく忘れていると、不安な気持ちになった。棚の数、荘り方、どれだけのバリエーションがあるのだろうか。前々から感じていたが、気が遠くなりそうだった。茶道教授の方々は、どれだけのものを体得しているのかと、ただただ驚くしかない。薄茶ではフルーツ味の花氷の干菓子、お濃茶ではとらやの「うづら巻」をいただいた。

家に帰ってみたら、お稽古のときに穿《は》いていたワイドパンツの膝に、抹茶が散っていた。払えば落ちる程度のものだが、着物のときはいったいどうなるのだろうか。

月末はひさご棚の水指に水を注ぐ手順もお稽古した。三本柱になるので、水指に水を入れるときには手前にずらし、蓋のつまみを取り、蓋を両手で持って水指の正面に立てかける。水次の口は右向きにして、蓋の上に茶碗に仕込むときと同じ形にたたんだ茶巾《ちゃきん》をのせる。注ぐときにそれを水次の口の下にあてがうためである。重いので重心を取るのが難しく、自分が思っていた以上に、水がどぼどぼっと勢いよく入ってしまい、ちょっとあせった。畳の上に水を垂らしてしまった。以前、垂らしたお湯をつい茶巾で拭《ふ》いて注意を受けたことから、常に手ぬぐいを身につけておくようにした。洋服のときは茶道着のポケットの中に、着物のときは袂《たもと》の中に入れて、すぐに拭けるようにしている。

自服の味

闘球氏、白雪さんのお点前で、小布施堂の「奉書栗」「くりは奈」といった干菓子、お濃茶ではとらやの「葛《くず》焼」をいただいた。自分の点前のお稽古のときはいちばん緊張するが、それが終わるとほっとしてしまう。師匠から、

「もう一度、お稽古なさいますか」

と聞かれても、お断りしてしまったりもした。私がはやく覚えるようにと、先輩方がお点前をするときは、私を正客にしてくださるのだが、そのときも失敗して恥ずかしい思いはするけれども、

「失礼いたしました」

とお詫《わ》びをしていい直すことはできる。しかしお茶を点てるときはそうはいかない。口に入れるものだし、できる限りおいしく飲んでいただきたい。マンツーマンの時間帯のときは、師匠から、

「ご自服で」

といわれるので、お茶を点てた後、急遽《きゅうきょ》、客人が座る場所に移動し、にじってお茶碗を取りに行き、居前にはすでにいない私に向かって、

「お点前ちょうだいいたします」

と挨拶をして、自分が点てた薄茶を飲む。

「いかがですか」

と師匠に聞かれても、

「うーん」

とうなって首を傾げるしかない。時折、師匠が飲んで、

「おいしいですよ」

といってくださるけれど、見た目でも、ふんわりと泡がきれいに覆ったようにするのは難しい。これは何度も繰り返して、自分なりに研究するしかないのだろう。薄茶の場合は、茶杓で一・五から二杓分いれるのはほぼ決まっていて、湯の量は六十ccといわれているそうだが、それがどれくらいかわからない。いつも、

(こんなものかな?)

と勘でやっている。柄杓の合も一律にサイズが決められているわけではないし、お点前で使用する茶碗の大きさも決まっておらず、大きいもの、小さいものがある。

「どうやったら、おいしい適量のお湯が入れられるのでしょうか」

と師匠にたずねたら、

「それは回数を重ねるしかないですね」

といわれた。ただひたすらお稽古ということなのだろうか。

許状をいただく

月に四回程度のお稽古に通いはじめて、四か月が過ぎていた。すると師匠から、

「これからお稽古を続けるお気持ちはおありですか」

と聞かれた。

「もちろんです！」

きっぱりと返事をすると、本部のほうに申請書を出すと、「許状」というものがいただけるという。

「それはどういったものですか？　私、まだ何もできませんけれど」

「許状というのは、お点前ができましたという証明ではなく、こういったお点前をお稽古してもよいですよという、お許しが出るものなのです。お続けになるのだったら、申請してもよろしいですか。書類を書いていただいたら、私のほうで申請しますので」

わかりましたとお返事して、あとは師匠におまかせすることにした。武道系は級とか段とか、個人の能力別にランキングができるシステムがあるが、茶道はそうではないらしい。歌舞音曲の類《たぐ》いにもそういったものはなさそうだ。ともかくどんなシステムであっても、私がやるべきなのは、教えていただいた事柄を、きちんとできるようにすることだけなのだった。

第八章　薄茶と濃茶の二本立て

いきなり濃茶がきた

何だかやたらと気温が高い日が多くなって、梅雨時で湿気も多く、鬱陶《うっとう》しい日が続いているが、お稽古《けいこ》に通うのは楽しみだった。その日、お稽古にうかがうと、師匠が、

「今日からお濃茶をやってみましょうか」

とおっしゃった。

「えっ、まだお薄もあれこれ間違っているのにですか？」

「大丈夫、やってみましょう」

師匠が膝《ひざ》をつきあわせて、お茶入が入っている仕覆の扱いについて教えてくださった。仕覆の紐《ひも》が想像していたよりもずっと固い。そうでないと、結んだときに横8の字の形がきれいに決まらないからかもしれない。結んだ仕覆の紐をひとつほどいて、

横8の字の輪の右を右手の人差し指で引いて手首を右に返すと、正しく結んであった場合は、紐がほどけるのだが、そうでない場合は捻《ねじ》れてしまう。練習のときには捻れてしまったので、最初の結び方が間違っていたらしい。やっと紐をほどいたと思ったら、お茶入が入ったままの仕覆を、畳の上で横にしたり左手の手のひらの上で縦にしたりする。これは闘球氏や白雪さんがお点前をなさっているときに、何となく見て覚えていた。あっちこっちに動かして面倒くさそうと思っていたが、やってみるととても合理的なのだった。

「お濃茶になると、帛紗《ふくさ》の四方《よほう》捌《さば》きがありますからね」

「闘球さんや、白雪さんがやっていた、帛紗を広げてじっとみる、あれですか」

「そうです」

帛紗を広げて四辺を確認し、それからお茶入を清めるために、薄茶のときと同じように帛紗を捌くのである。私の帛紗には柄があるので、それで裏表もわさの位置も確認できるのだけれど、師匠や先輩方の帛紗は無地なので、よくあれでわからなくならないなあと失礼ながら感心するばかりだ。

「お濃茶には必ず拝見がありますからね。重要なセレモニーなので」

カジュアルな薄茶でさえうまくできないのに、そんな重要なお点前が覚えられるのだろうかと不安になってくる。あまりに緊張しすぎて、干菓子をいただく際に、今まで何回もやってきたのに、懐紙のわさが手前になるのか向こう側になるのかわからなくなり、師匠にそっと聞いてしまった。こんな超初心者の私が、濃茶のお点前を習っていいのだろうかと心配になってきた。

先輩がたが揃うのを待って、濃茶のお点前を教えていただいた。濃茶ではお茶を入れる際に、最初に茶杓《ちゃしゃく》で三杓掬《すく》いだしたあと、お茶入を傾けて残りの抹茶を回し出しする。お茶入は筒状ではないものが多いので、スムーズに出てこない。つい全部だそうと、茶碗の上で振りたくなってしまうのだが、そういうことはしてはいけない。あまりに傾けるとお茶入を茶碗の中に落としそうになるし、緊張の連続だった。そっとのぞくとお茶入の中に残って、うまく回し出せなかった。

「薄茶は点《た》てる、お濃茶は練るといいます。いろは四十八文字を心の中でいいながらゆっくり練るとよいといわれていますけれど」

操り人形のように師匠に指導されるまま、

「このくらいでいいでしょうか」

と楽茶碗に入れたお湯の量も確認していただき、

（い、ろ、は……）

と心の中でいいながら茶筅《ちゃせん》を動かしてはいたが、その練るという感覚がまったくわからなかった。闘球氏や白雪さんのお点前を見ていると、たしかに、

「練ってる」

という感じはするのだが、具体的にどのようにすればいいのかわからず、とにかくとろりとするように抹茶を混ぜたといったほうがいい状態だった。おそるおそる茶筅を上げると、茶筅に残った抹茶の色が薄かった。おまけに茶筅の穂先の細い竹が数本折れていた。力を入れすぎて、折ってしまったらしい。正面を正客に向けて出そうとしたら、私の体に近い部分の茶碗の内側に、抹茶の粉が溜《た》まっているのに気がついた。全体的に練らなくてはいけないのに、その部分だけ茶筅が届いていなかったらしい。

「あの、中に抹茶がそのまま溜まっているところがあります。そのうえ茶筅を折ってしまいました。きっと中に入ってます」

焦って報告すると、闘球氏も白雪さんも、

「はい、わかりました」

とにこにこしている。きっとおいしくないであろう、最初のお濃茶を飲んでいただくのは本当に申し訳なかった。先輩方がそっと口の中から何かを取りだして懐紙に包んでいるのを見て、きっとあれが私が折った茶筅のかけらだろうと思うと、何度頭を下げても足りないくらいだった。最後に私も飲んでみたが、何の感動もない味で、折れた茶筅の穂先が二本入っていた。

「本当に申し訳ありません」

みなさんに謝ると、

「いえいえ、人生ではじめて点てた濃茶をいただけてうれしいですよ」

などといってくださる。

「ああっ、本当に申し訳ないっ」

頭を掻《か》きむしりたくなった。

そして濃茶には必ず拝見があるので、お茶入の形、窯元《かまもと》、仕覆の裂地《きれじ》についても聞かれる。何もわからないので、前もって師匠から、濃茶のお茶銘、お詰もうかがい、そのうえ、

「お茶入の形は肩衝《かたつき》、窯元は瀬戸《せと》、お仕覆は紹鷗緞子《じょうおうどんす》ですよ」

と教えていただいたのに、いざ拝見の問題のときには忘れて、

「えーと、えーと」

とあわてていたら、先輩方がそれぞれその場で教えてくださったのがありがたかった。闘球氏の濃茶点前のとき、拝見の際にかわいい柄だなと見ていた仕覆の裂地が、「駱駝文苺手錦《らくだもんいちごでにしき》」という名前だとわかって、なぜかとてもうれしくなった。

白雪さんはひさご棚で薄茶のお稽古をなさっていたが、天板の上に棗《なつめ》と茶碗を荘《かざ》り、柄杓も掛釘《かけくぎ》に掛けていた。へええと見ていたら、

「持ち帰るのは建水だけという、総荘りのお点前もあるんですよ」

とお点前を終えて戻ってきた彼女が教えてくれた。

先輩方は小さなお盆の上に香合《こうごう》をのせた盆香合のお稽古の準備をしていた。いつも一人三パターンずつ、お稽古をするのである。客人役の私はそれを眺めながら、

(お香が練香ではなく香木になるので、お香元は聞かなくてよかったのだな)

と何度も頭の中でシミュレーションしていた。すると霊芝《れいし》を象《かたど》った香合が、若狭《わかさ》盆という小ぶりな正方形のお盆の上にのせられて登場してきた。そのお盆の向かい合う二辺を両手で持って、九十度ずつ回転させる手順がものすごく難しそうだ。右手で右

上角を持ったり、真ん中を持ったりする。正面を相手に向けるのに、一度でぐるっと回すわけではないのだ。それを見ながら、

（もしかして、あれを私もやるのかも）

と気がついた。こちらに正面を向けるのは、私が香合の拝見をするためである。拝見し終わったら、今度はこちらが亭主に対して、正面を向けなくてはならないので、同じことをしなくてはならない。

（ええーっ、全然、わからん）

焦っていると、師匠が、

「はい、右手で右上角、左手は左下角……」

と遠隔操作してくださり、何とか正面を向けて亭主にお戻しできた。

（本当にいろいろと出てくるなあ。私のこの、前期高齢者の脳で覚えきれるのか）

と不安になってくる。覚えられなくてもいいけど、忘れなければいいかと思ったが、現状としては教えていただいたことをぼろぼろと忘れているので、今度、いったいどうなるかわからない。少しでも記憶がとどまるように努力するだけである。

抹茶茶碗を買う

たまたまテレビをつけて映っていた、武士が主人公の映画をぼーっと見ていたら、その武士の所作が、正座から立ち上がるとき、蹲踞《そんきょ》の姿勢から立っていた。茶道での立ち方と同じだった。それだけのことだが、私は、

「おお、同じだ」

と妙に感激してしまった。最初はできなかったけれど、今は何とか立ち座りはできるようになってきた。時折、なぜか脚から妙な音が出るけれど、膝にも特にトラブルはない。足の甲が痛くなくなってきたのも、慣れてきたのか体が鈍くなってきたのかはわからないが、習いはじめよりも楽になったのは間違いなかった。

それまでは家で抹茶を飲むときは、ちゃんとしたお点前も知らないので、ただ抹茶をお湯で溶いて飲んでいるだけだった。茶碗もひとつ持っていたが、久しぶりに取りだしてみたら、特に安価なものでもなかったのに、なぜか変色していて不安になったので、それは処分してしまった。手元には昔から処分しないで残っていた死蔵品の、棗、茶杓、茶筅があるので、茶碗をひとつ買おうと思い、通販で気に入った茶碗を買ってみた。花柄は好きではないので、そうではない柄をと見ていたら、海松《みる》の柄のも

のがあり、それが気に入って購入した。

ところが届いたのはいいが、サイズも確認したのに、お稽古で使っているものより、大きいような気がした。師匠に、

「抹茶茶碗を買ったのだけれど、丼みたいなものが届いちゃいました」

というと、

「よろしければ、私が見てみましょうか」

といってくださったので、お稽古のときに持って行った。

「素敵な柄じゃないですか」

「柄が気に入って買ったんですけれど、大きくないですか」

「そうでもないような気がするけれど」

水屋に並んでいるお茶碗と比べてみると、ほんの五ミリほど大きかったが、大きすぎるというわけでもなかった。

「平茶碗のようなものもありますからね。まったく問題ないですよ」

師匠にいわれてほっとした。そして私が家で使うよりも、ここで私も使うけれども、皆様に使っていただいたほうがいいと、お稽古場に置くことにした。

「こちらは地の色が薄いので、使ったらすぐに水を張っておいたほうがいいですよ」

と師匠がアドバイスしてくださった。それだけ抹茶の色のパワーが強いのかもしれない。

濃茶のお稽古がはじまったので、私のお稽古は薄茶と濃茶の二本立てになった。その日のお稽古場には、引き出しがひとつある棚が置かれていた。江岑棚《こうしんだな》というそうだ。引き出しのなかに入っていたのは、棗ではなく薄器《うすき》だった。それは仏器というもので、お点前の際に、帛紗で棗を清めるときに、蓋《ふた》の上側（甲）を拭《ふ》くのだが、この薄器のときは甲拭きはしないという。また新しいものが登場してきた。

薄茶点前のときには、引き出しからその仏器を出して使う。最後には棚の天板に今度は柄杓を上向きにして、「入」の字になるように蓋置を置いた。きっちり対角線上に柄杓を置かないで、少しずらすのがよいという。前の棚では合が下向き、そして今度は合が上向き。何か理由がありそうだが、今はわからない。そして次の濃茶のお稽古で頭がいっぱいで、師匠にうかがうのを忘れてしまった。

濃茶のお点前の準備段階ですでにひっかかった。お茶入の仕覆の紐を結ぶときに、やはり最後の確認で、手首を右に向けたら捻れていた。何度かやってやっとわかり、お点前をはじめたはいいが、お茶入を脱がせた後の、仕覆の扱いが難しい。長緒は別だが、仕覆の両側の紐の長さが均等になるように、そしてなるべく裂地本体には触らないようにといわれているので、小さな袋を前にして、おたおたするのである。そしてお点前の途中で、抹茶を茶碗に入れて練り、茶筅を左に傾けて、柄杓の湯を少量落として練り具合を調整するのだが、それをするのを忘れてとばしてしまった。

白雪さんのお濃茶では、平たい大海のお茶入れを使っていた。いつ見ても、お茶入も長緒の仕覆も扱いが複雑そうだ。

「またいずれ、大海も使ってみましょうね」

師匠にそういわれたが、ちゃんと扱える気がしなかった。続々と新手のものが現れてきて、絶対に私の今後の人生では到達できないものがあるとわかった。

闘球氏は濃茶から薄茶への、続き薄茶というお点前をしていた。茶碗が戻って総礼ののち、一度、湯を汲んでくゆらせて建水に水をあけたところで、続いて薄茶をさし上げる挨拶《あいさつ》をして、いったん水屋に下がり、薄茶用の道具を持ち出して薄茶を点《た》てるという。季節の御菓子の「水無月《みなづき》」が想像以上にもっちりしていておいしい。干菓子はとらやの「厄除招福」の短冊が入った縁起のいい「福こばこ」だった。小さな箱に道明寺製の「なりひさご」煉切製の「はね鯛（紅・白）」そぼろ餡に小豆の粒が入った赤飯に見立てた蒸菓子が並んでいて、何ともかわいらしい。御菓子をいただいて喜んでいるわけにはいかず、客としてちゃんとやるべきことをやらなくてはならない。

拝見のときに、お茶を入れるものがいちばん偉いと頭にあったので、濃茶のお茶入、お薄器、茶杓、仕覆の順番で畳の上に置こうとしたら、

「続き薄茶のときは違うのですよ」

と師匠に指摘された。正しい拝見物を置く順番は、濃茶のお茶入、茶杓、仕覆、お薄器の順番になるのだそうだ。その理由は、

「濃茶に使ったものなので」

だそうだ。つまり薄器は薄茶だけに使ったので、濃茶のお点前のときに使った茶杓のほうが偉いというわけなのだ。

私の残りの人生では、巨大な茶道というもののなかの、一パーセントも理解できないという確信をますます強く持ったのだった。

第九章　気温もお稽古も「こりゃ、だめだ」

酷暑の中のお稽古

夏場のお稽古《けいこ》に備えて、お稽古用の夏物の着物をすべて手の届くところに出し、襦《じゅ》袢《ばん》も出して衿芯《えりしん》、半衿をつけ、準備万端整えていたのに、あまりの暑さにとてもじゃないけれど、着物には手が伸びなかった。着たいという気持ちは大きくなっているけれど、窓を開けたとたんに、

「こりゃ、だめだ」

という気持ちになる。

そうなると洋服で行くわけだが、ふだんは夏はコットンか麻の素材ものしか着なかったけれども、それまで外出用に穿《は》いていた、そういった素材のワイドパンツだと、正座の場合、立ったときに後ろ側がしわくちゃになって、とてもみっともなくなるの

がわかった。そこでお稽古用に皺《しわ》になりにくい、ポリエステルやレーヨン素材のワイドパンツを何枚か買った。トップスも風通しがいいような、同素材のシャツブラウスを何枚か購入した。これで何とか酷暑を乗り切らなければ、である。

七月の初回のお稽古に行くと、風炉《ふろ》の隣にしめ縄と紙垂《しで》がつけられた、木箱が置いてあった。つるべ水指という、井戸から水を汲み上げる道具の名前の水指で、この中に名水が入っているそうだ。暑い夏にその名水を茶碗の中にいれて、客人に涼を取ってもらう。そんなこともするのかと思いながら、つるべ水指の扱い方を教えていただいた。

上蓋《うわぶた》が二枚並んでいて、左側の蓋が前後にスライドするようになっている。左側の蓋の向こう側に右手をかけ、少し手前に引いて手がかりを作る。そしてその部分を両手で持って引き出し、手前から右側の蓋の上にスライドさせる。最後に右手の親指だけで向こうに押すようにして重ねるのである。ぱたぱたと蓋を上下させず、すべて滑るようにするのがポイントのようだった。

しめ縄も紙垂もついているので、緊張しつつ濃茶の稽古をしたが、はじめたばかりなので、もちろんお点前《てまえ》を覚えていない。師匠のいうとおりに動くだけである。白雪さんは唐物点前《からものてまえ》というもののお稽古をなさっていて、見ていると何だかいろいろと逆になっていた。そして帛紗《ふくさ》のたたみ方もお稽古にうかがってからはじめて見るもので、やたらと小さくたたんでいる。

(あんなに小さくたたんでどうするのか)

と見ていたが、お点前の内容が理解できない私の前で、帛紗を正しくたたんでここの角を持って垂らすと、このようになると師匠が見本を示されると、白雪さんは、

「そうですよね、ここですよね」

と二人で話し合っていた。当然、私は何が起こっているのかはわからないが、複雑で大変なお点前だということだけはわかった。主菓子はとらやの「天の川」で、緑色の琥珀羹《こはくかん》のなかの白ごまが星のように美しい御菓子だった。

お稽古が午後一時からなので、いちばん暑い時間帯は茶室の中にいて、冷房も効いているので、風炉の炭があっても暑いという感じはない。しかし行きの三十分足らずが地獄なのである。それでもお稽古に行きたくないと思ったことはない。どれも完璧《かんぺき》にできたことはないが、その場にいることが楽しいのである。

桑子卓でもたつく

つるべ水指のお稽古はその一回で、次は棚が置かれていた。桑子卓《くわこじょく》という名前で天板、中棚、地板の三段になっている四柱のものだ。中棚と地板の間隔は十センチもない。天板の上には薄茶器、中棚に細身の水指を荘《かざ》ってある。

「建水は平たくて小さいものがあるので、それを使ってください」

お稽古をはじめてから、ずっと使っていたものと違い、高さが半分ほどしかない、小ぶりなものだ。

いつものようにあたふたしながら濃茶のお点前を終えて、片づけに入り、拝見の挨《あい》拶《さつ》を受けて柄杓《ひしゃく》を建水に伏せようとすると、師匠が、

「いつも使っている建水だと高さがあるので、柄杓を置いても畳に触れないけれど、その建水は高さがないから、蓋置は建水の後ろではなく前に置いて。それに合を上向きにするようにして、柄杓を建水に置いてください」

といわれた。「ああ、なるほど」と納得しつつそのようにした後、拝見物を出したのちに、水屋に下がる前に、師匠が、

「お柄杓をその柱に立てかけて」

という。

（立てかける？）

柄杓の合を伏せて、後ろ側の柱に当て、壁付きの二本の柱を使って、斜めに柄杓を立てかけるということだった。これが一見、簡単そうだが、柄杓の合の部分が丸みがあるため、不安定ですぐにぐらついて倒れてしまう。心の中で、

（何で止まってくれないんだ）

と何度も叫びながら、やっとバランスが定まって止まってくれた。そして次は蓋置を取って、柄杓の下のほうに置くという指示。これで私の横には建水だけが残った。

「今日は水次のお稽古もしましょうね」

師匠の言葉に以前、教えていただいたことを思い出しながら、水次を水屋から持ち出した。

「桑子卓は四本の柱なので、水指を中棚から畳の上に下ろして水を注ぎます。水指の出し入れに邪魔なので、まず蓋置を地板の真ん中に移動させてください。そして水指を棚から下ろして水を注ぎます。終わったらまた中棚に戻して、蓋置はそのままにしておきます。そして水次を持って帰ります」

ただただ師匠のいうことに従うだけだ。今回も思いの外、どぼどぼっと水が入ってしまい、あふれさせてしまうかと一瞬、あせった。

「下げた建水の中のお湯を捨てて、きれいにしてから、またそれを持ってきてください」

（えっ、また持って行く？）

首を傾げながら建水をきれいに拭《ふ》いて棚の前に戻ると、

「棚のほうにもっと近づいて、両手で建水を畳の上に置いてください。そして蓋置を右手で取って、左手で扱って右手で建水の中に入れて、それを中棚と地板の間に入れます。奥まで入れなくていいですよ。少しだけ手がかりを残して」

たしかにここは開いている隙間だがまさかここに、建水と蓋置を差し込むとは想像もしていなかった。正直、なぜそんなことをと思ったが、私はただやるだけである。結果、こうなるのであれば、蓋置を最初から地板の真ん中に置いておけばスムーズなのでは、などと思ってはいけないのである。

入子点と葉蓋

立ち座りが少ない、老人、子ども向きの入子点《いれこだて》も教えていただいた。木製の曲木《まげき》の建水を使い、その中に茶巾《ちゃきん》、茶筅《ちゃせん》、茶杓《ちゃしゃく》を仕込んだ茶碗を入れて、一度に持ち出すのだ。そして柄杓、蓋置は荘ってあるものを使う。

「すべてがこうだと楽なのですけどねえ」

立ち座りのたびに、膝《ひざ》から音が出がちな私は、このお点前だけやりたいなあと怠け心が出てきた。そしてお点前が済むと、最後に茶碗もすべて荘り、建水だけ持って帰るのである。

楽だと思っていたのに、やはりここでもポイントはあった。茶碗を天板の上に荘るときに、絵柄が正面からずれていた。正面は必ず意識しなければならないのに、正面がはっきりしない茶碗に関しては正直いえば、適当にやっていた。茶碗を拭き終わったときに、正面を自分のほうに向けて置かなかったからこうなるのである。常に次の手順を頭に入れながらやらないと、こういうことになる。客人から茶碗を戻されたときには、こちらに正面が向いているので、それをずっとキープしなければならなかったのだ。今までは正面がはっきりしないお茶碗を使っていたが、これからは意識して正面がわかるお茶碗を使って、自分の感覚を慣らさなくてはならないと反省した。

翌週のマンツーマンの時間のとき、

「葉蓋《はぶた》をやってみましょう」

という師匠について水屋に行くと、ガラス製の器の上に大きな葉がかぶせられていた。

「葉が蓋になっていますけれど、いつもの水指と同じです。ただ葉の扱い方があるので、それをやりましょう」

水指と同じように、葉の蓋があるガラス製の器を持ち出して、風炉の隣に置く。そして棗《なつめ》や茶碗などを持ち出して、お点前がはじまり、茶碗に抹茶を入れ終わったところで、水指の蓋を取る。ふだんは供蓋か塗りの蓋だが、今回は葉っぱである。葉の柄の部分がこちらを向いている。

「葉を両手で手前から取って、右から左へ葉を折ります。次に柄を左側にして折り目を手前にして葉を横にして、右から左に折り、今度は縦にして向こうから手前に折って、柄をたたんだ葉の真ん中に刺して留めてください。これっきりのものなので、刺しちゃっていいの。柄の部分を伏せるようにして、そのまま葉を建水に入れてください」

「あのう、お点前のときに建水にお湯や水を捨てますよね。そのときは葉っぱはどうするのですか」

「ないものとして、ふだんどおりにその上に落としてもらってかまいません」

何度もいうが、

（へええ）

である。透明なガラスの器に緑色の大きな葉が涼しそうだった。

「この器は葉蓋用なのですか」

「いいえ、うちにあったアイスペール用に使っているしずくガラスなのですよ」

形といい大きさといい、ぴったりだった。第一、涼しげなのがとてもいい。そもそもは、十一代家元玄々斎《げんげんさい》宗匠が七夕の趣向で、末広籠《すえひろかご》の受筒《うけづつ》に、梶《かじ》の葉を蓋にしたのがはじまりだそうである。風炉の黒い陶器と並べると、不思議な感じもしたけれど、お稽古場にガラスの光りと緑があるだけで、雰囲気が爽《さわ》やかになるものなのだなあと再認識した。

洗い茶巾はうさちゃんの耳

それで薄茶のお稽古が終わり、水屋で片づけをしていると、師匠が洗い茶巾の話をはじめた。普通は茶碗の中にたたんだ茶巾、茶筅、上に茶杓をのせて持ち出すのだけれど、洗い茶巾は平たい茶碗に水を張り、そのなかに茶巾を入れて持ち出すのだそうだ。

「へえ、そうなんですか」

と私がいったあと、沈黙が流れた。おずおずと、

「それは、私がやるんでしょうか」

とたずねると、師匠は、

「そうですよ」

ときっぱりおっしゃった。はじめての洗い茶巾とやらである。あわてて準備をしていると、ちょうど闘球氏がやってきて、

「洗い茶巾はね、最初はうさちゃんの耳って覚えればいいんですよ」

とたたみ方を教えてくれた。対角線で二つに折り、その対角線同士を合わせ、直角ではないほうの手前にある辺のほうを向こう側に折り、わさのほうを茶碗の水の中に

いれて浸し、右側の端をちょっと出す。そこに茶筅、茶杓を仕込んで持ち出すのである。洗い茶巾は薄茶にしかないお点前で、このお点前では茶碗に水が入っているので、水指の次に茶碗を持ち出し、次に右手に棗を受けて建水と一緒に持ち出す。茶巾は茶碗を清めるものなので、濡《ぬ》れていていいのだろうかと心配になったが、まず茶碗の上で軽く絞り、建水の上で固く絞る。客人が飲むお茶碗の上で、ぎゅうぎゅう絞るのもちょっとと思っていたら、二段階で水を絞るのだった。そして水を絞った後は、ふだんのようにたたみ直して釜《かま》の蓋の上に置く。水が入ったままの茶碗は両手で持って、建水に中の水を捨てるのだ。

たしかに客人には水の風情を感じていただけるけれど、茶碗の中に茶巾を絞った水を入れたりするのを見ると、結構、大胆だなと思う。茶碗はそのままで使うわけではなく、熱い湯を入れて茶筅通しをしたり、茶巾で拭いたりもするので、衛生面では問題ないけれど、それだけ茶巾などを清潔に保つように、気をつけなくてはならないのだろう。

濃茶のお稽古では、練った後、少量のお湯で調整するのをまた忘れてしまった。闘球氏と白雪さんは、天目《てんもく》茶碗が台にのっている、何やら大変そうなお点前をお稽古していた。主菓子のとらやの「若葉蔭」と「巻水」がおいしかった。どういう名前のお点前かは、師匠と先輩方の間の会話の中ででてきていたけれど、それを忘れてしまったくらい私にはまだまだ遠い世界である。唐物という言葉はわかったが、「盆点《ぼんたて》」というお点前では、お茶入を扱うときに闘球氏が揉《も》み手までするのである。闘球氏の、

「こいつが偉いからですか」

とお茶入に対する発言があって笑ってしまった。

忘れ放題の弟子

いくら期待しても気温は下がってくれなかった。師匠も無理をしないようにといってくださるし、今年の夏は着物でお稽古に通うのは無理と諦《あきら》めた。暑さのせいかもともとの頭の出来のせいかわからないが、薄茶の平点前のとき、抹茶を茶碗に入れた後、水指の蓋を開けるのは変だと思っているのに、開けるのを忘れていた。お点前の途中、水指を見たら、蓋が閉まっているのでびっくりした。私が開けないから閉まっているわけで、

「申し訳ありません。忘れました」

と謝りつつ、そっと開けてしまった。こんな私を師匠は、

「あまりにスムーズにお点前が進んでいるから、ちゃんと開いているんだと思ってました」

といって笑って許してくださる。桑子卓での濃茶点前も、忘れ放題忘れていて、本当に不肖の弟子で申し訳ない限りである。

闘球氏、白雪さんのお稽古だが、天目茶碗が台の上にのっていた。台にのっているとなると、ものすごーく偉いのだろう。お稽古を終えた白雪さんから、「建盞《けんさん》天目茶碗」だと教えていただいた。先輩方の炭手前に使われた香木が入った香合が、とても珍しいものだった。六角形の漆塗りで、「嘉」という文字が書いてあるようだが、よく判別できない。何の変哲もないものに見えたけれど、蓋を開けると、蓋の内側は四角い金箔《きんぱく》の色紙が重なっていた。本体の横に刀跡があるのも、由緒がありそうだった。

こういったものをじかに手に取って見ると、拝見を請われるたびに、ちょっと面倒くさいと感じたことが、恥ずかしく思われた。拝見があるからこそ、こういった小さな道具にも、外側は地味だけれど、中を見ると華やかという日本人の精神が感じられる。着物にも裏勝《うらまさ》りという言葉があるけれど、これからは「拝見」を面倒くさがらな

いようにしなければと心した。

日が進むにつれて、暑さでいろいろなところがやられたのか、濃茶の点前をいろいろと忘れていた。師匠から、

「前はできていたのにね」

といわれ、心の中で、

(どうしてでしょうねえ)

というしかない。

その日、白雪さんのお稽古で、

「桑の木製の中次《なかつぎ》形のお茶入を使ってみましょう」

と師匠がお茶入と裂地を持って茶室に入ってこられた。それには古帛紗と仕覆がセットになっていた。お茶入はそっけない筒状の木地製で、蓋が深く高さの中程までかかっている。その一方で、古帛紗と仕覆はとても美しい。

「これはどうしてセットになっていたのでしょうか」

不思議に思って師匠にうかがうと、由緒としては、かつて千家では宮中にお茶を納めていて、その褒美に装束などの名物裂を拝領し、それで作ったものだそうだ。中次

の内側の金塗りは、毒が入っていませんという証明のようなものであるという。これも客人としては、拝見で中次の蓋を開けないとわからない。こういうお話を知ると、ますますお茶のお稽古が楽しくなってくる。先輩方の炭手前の香合は乾漆《かんしつ》で、細くて繊細な金彩のススキの柄が美しかった。

緊張で肩が上がる

翌週は薄茶二回、濃茶一回の点前だった。薄茶のときに、師匠から、

「拝見なしで」

といわれた。いつも「拝見あり」で棗を清めたりしていたものだから、それがなしとなったら、いったいどうしていいのかわからなくなってしまった。ないほうが楽なはずなのに、ちゃんとできない。もうできないのは暑さのせいとはいえないくらいになってきた。

客人の作法のときも、たとえば茶入荘《ちゃいれかざり》の点前などは、拝見の際、偉いお茶入を扱うときに、帛紗を九十度ずつ回転させるのだが、正面を見失ってわけがわからなくなる。拝見したものを亭主に戻すので、相手に正面が向くようにしたいのだが、回しすぎて

また自分の前に正面が向きそうになる。複雑なお点前は客人も扱いを知らないといけないし、偉いお茶入に下手なことをしたら大変だ。今は先輩方と私との技量の差が激しいので、少しでも近づいて失礼のないようにしなくてはいけない。干菓子代わりの中がゼリーの水菓子「河内熟子《かわちじゅくし》」がおいしかった。茶花のアンスリウムも素敵で、師匠が和名を調べたら、「大うちわ」だったそうだ。

濃茶のお点前のときには、お茶入の胴体を、右手に帛紗を持って左手で時計とは逆回りに回転させて拭く、「胴拭き」をしなくてはならない。これをしているといつも師匠から、

「緊張しないでもっと肩を楽にして」

といわれるのだが、お茶入を落としてはいけないと、肩が上がってしまうのだ。

何か練習するものはないかと、部屋の中を見回したら、何と観葉植物に水を噴霧するときの容器の胴体の形状が、お稽古で使うお茶入にそっくりだった。こちらはステンレスだが、自主練するには問題ない。いいものみつけたと思いながら、空いた時間にくるくると動かしていた。

猛暑の最中のお稽古も茶室にいる間はとても快適だった。冷房をがんがん効かせて

いるわけでもないのに、障子を取り払って簾《すだれ》がかかっているのを見ると、四畳半に炭火があることも忘れそうになる。心地いい空間なのである。いただく干菓子、主菓子も、目を引くものばかりで、水墨画を模したもの、枝豆を象《かたど》ったもの、細石《さざれいし》、葛焼《くずやき》などなど、和菓子が好きな私でも、見たことがないものばかりだった。洋風スイーツに圧《お》されている気配があったが、各地の和菓子店もがんばっているのがわかってうれしくなった。

恥をかいても楽しい

お稽古に通いはじめて約半年、恥をかいてもとっても楽しいのだが、ふと私は茶道を習っていい人間なのだろうかと考えた。茶道のお稽古は基本的に礼儀のものだと私は思う。基本は正座でお辞儀だし、問答のときも、「……でございますか」「……でございます」と丁寧口調だ。それは当たり前なのだが、私はふだんからそういう丁寧な言葉遣いをしているわけではない。

ずっとテレビで流れている日清食品のコマーシャルが面白くて、ついその真似をしてしまう。特に焼そばU.F.O.の「バチボコ旨《うま》いやんけ！」が癖になってしまい、

夜、自分で作った御飯を食べて、つい、

「バチボコ旨いやんけ！」

といってしまう。そしてその直後、「こんな私が茶道など習っていいのだろうか」

と自問自答するのである。お茶室では「お服加減はいかがでございますか」と両手をついて、客人におうかがいしているのに、家では「バチボコ旨いやんけ！」なのである。このギャップをいったいどうしたらよいのか。少しはまともな人間になったほうがいいのではないか。としばらく悩んだが、面白いものは茶道であってもコマーシャルであっても何でも面白いので、お稽古の場でお茶をいただいて、

「バチボコ旨いやんけ！」

といわなければいいだろうと納得した。

師匠には、

「単衣《ひとえ》の時季になったら、着物も着られますかねえ」

と希望的観測を述べていたが、まったく気温が下がらず、完全に着物からは遠ざかってしまった。それはちょっとがっかりだけれど、相変らずお稽古に通うのは楽しい。

その日の干菓子は老松の「月見うさぎ」と仙太郎の「渋栗むし」、主菓子はとらやの

「木賊饅《とくさまん》」だった。織部饅頭の側面にとくさの焼印が押されているのがかわいい。薄茶の平点前を二回、濃茶のひさご棚点前を一回させていただき、もちろん完璧にできたお点前などひとつもなかった。濃茶点前で水屋に下がるとき、建水を膝前の畳の中央に置かなかったことも注意を受けた。つい中央よりも左側に置いてしまった。よく見ればわかるのに、ひょいっと置いてしまうからこうなるのである。そのときは、

(わっ、やっちゃった)

と恥ずかしくはなるのだが、家に帰ったらその恥ずかしさを忘れているのは、もともとの性格か年齢かのどちらかだろう。

栗の季節になってきて、お稽古にもたくさん栗の御菓子が登場するようになってきて、栗好きの私としてはとてもうれしい。干菓子にはたねやの「栗」、恵那寿やの「栗きんとん」、主菓子は栗の形をしたとらやの「重陽《ちようよう》」だった。

ひさご棚の濃茶のお稽古のお茶入は大海で、上から持ったり横から持ったり、上下に持ったりと、扱いが難しくてとても一度や二度では覚えられない。それの仕覆が紐《ひも》が長い長緒なので、私にとってはこのコンビが難物なのである。でもお稽古なので避けては通れず、長緒の紐の扱いを教えていただいた。

闘球氏がやっていたように、紐の結び目である打留《うちどめ》を左側にして、右側に伸びた部分をぐるぐると二回巻き、その中に紐を通し、捻《ねじ》ってから巻いた部分を中に入れる。とりあえずは形はできたものの、掛釘《かけくぎ》にかける部分が長めになってしまった。

「とりあえず掛けてみましょうか」

師匠にいわれて掛けてみたものの、ずーるずーるとゆっくり仕覆が引力に負けて下がっていった。

「もう一度やります」

マンツーマンの時間帯だったのをいいことに、やり直してみたら、今度は何とか最初の位置で留まってくれた。でも次にやってできるかどうかはわからない。たまたま落ちていかなかっただけのような気がする。

月末のお稽古は寒雲卓《かんうんじょく》だった。薄茶のお点前のときは、居前《いまえ》に座ったとたんに頭が真っ白になり、最初から棗と茶碗の置き合わせを忘れて、帛紗を取ってしまい、師匠から、

「おっと、それではちょっと……」

といわれてしまい、

「あぁっ」
と冷や汗が出てきた。どうして今までできたことができなくなるのだろうか、自分でもわからない。濃茶点前のときも、風炉のときは釜に水を一杓入れてから、湯を汲まなければいけないのにそれを忘れ、そのうえ茶筅通しをした後、茶碗を拭くのを忘れるという失態だった。その他、茶杓を清めた後、左手の帛紗を右手に渡して、水指の塗蓋の上を二引きに拭いてから、茶碗を少し手前に引き、茶巾を上に置く。それから帛紗を左手でカニばさみのようにして柄杓を構え右手でそれを抜き、その帛紗で釜の蓋を開けなければいけないのに、その手順がごっちゃになってしまった。薄茶も問題なくお点前するのは大変だが、濃茶は手順も増えて、何かができれば何かを忘れるといった具合で、まったく前進できていない。

「軽そうに」持つ

着物が袷《あわせ》の時季になったが、相変わらず着物を着る気にはなれず、ずっと洋服でお稽古のままだった。月が改まると、丸卓の二本柱でのお稽古になった。柄杓と棗を「入」に荘り、水指は動かさずにそのまま水を補充する。茶道口から居前に入る姿が見えるように、師匠が廊下の壁に鏡を置いてくださったのはいいが、自分の姿が見えるとぎょっとする。お道具類の持ちかた、水指や水次の確認のためなのだが、一瞬、己の姿が見えると、つい目をそらしてしまった。はじめて甲赤《こうあか》という薄茶器を使った。文字通り蓋の部分が赤く、本体が黒の器なのだが、棗よりも高さがないので、棗のつもりで持ってしまうと、蓋だけが持ち上がって本体が落ちてしまう可能性があり、扱い方が難しい。

「半月《はんげつ》に持つときはがっしりとつかまないで、薬指と小指で持つ感じで。すべて軽そうに持たなければだめですよ」

それとお茶を入れるために開けた甲赤の蓋は、棗のように右膝前に置くのではなく、膝前中央に置くのでスペースを空けておかなくてはならないと教えていただいた。どれも一律ではないのが、面白いような困ったような、である。

濃茶のお点前のときは、私の悪い癖が出て、建水の後ろにたたんで置いた帛紗を、必ずわさになった横を持たなければならないのに、つい上を持ってしまった。

「そこで処理をしようとするから、そうなってしまうので、そのままわさを持って体の前に持ってきて捌《さば》き直せば大丈夫だと思いますよ」

たしかに体の正面ではなく、左側で捌き直そうとしていた。そして四方捌きのときは帛紗が座った膝につかないように、そして正面ではなく、やや左側で行ったほうがよいとも指摘を受けた。

「細かいことをいうようですが、お点前を覚えた後は、見た目も美しくなるように、ブラッシュアップしていきましょう」

わかりましたといいながら、いつになったら師匠から合格点がいただけることやらと、ため息が出てきた。

多少なりとも理解できる

お稽古に通うと決めたとき、師匠から買っておいて欲しいといわれた『新独習シリーズ　裏千家茶の湯』だが、最初は、古い本なのでモノクロの写真が多く、見てもほとんど理解できなかった。他の入門書や教則本を図書館で借りたり、自分でも買ってみたりしたが、実はこの本がとてもわかりやすいのがわかった。お稽古に通ってすぐのときは、『茶道ハンドブック』を購入して、今では本を開くとすぐに真っ平らになるくらい何度も見返したけれど、こちらには濃茶点前が載っていない。濃茶や棚でのお点前が出てくると、師匠おすすめの古い本がとても参考になる。本の内容に多少なりとも自分が近づいていって、理解できているのがわかって、それは正直にうれしかった。しかし理解していてもそれができるかというと別問題なのが悲しい。

お稽古での御菓子も、まだまだ栗のものがたくさんあって、とてもうれしい。同じように栗を扱っていても、和菓子店それぞれで味わいが違うのも楽しい。着物が袷の時季になっても相変わらず気温が高めで、袷用の襦袢の何枚かに白半衿をつけたりはしたが、寝かせているだけで手は伸びない。師匠の趣味のいい着物姿を撮影しては喜んでいるのに留《とど》まっている。

お茶室に行くと、客人が座る畳の角のところに、かわいらしい花屛風《はなびょうぶ》が設《しつら》えられていた。花屛風は木製で、一面の横が八十二センチ、高さ六十センチ、幅が四センチほどの木枠で、高さの中程よりやや低い位置で横に板が渡してあり、そこに六つの穴が開けられていて、そこに竹筒が差し込まれている。その中に水を入れて花を活け、それが二面、蝶番《ちょうつがい》でつながっているので、十二本の花が咲いている花屛風ができあがるのだ。四畳半のお茶室でも、設えの違いでこんなふうに季節の表現ができるのかと驚くばかりだ。室内がシンプルだからそれが可能なのだろう。

薄茶と濃茶のお稽古は江岑棚《こうしんだな》を使った。江岑棚は上に引き出しがついていて、四本柱で地板があり、その上に水指がのっている。薄茶器が引き出しの中に入っているので、それを取り出してお点前をする。以前にも使ったことは覚えているが、もちろん詳細は忘れているので、師匠にいわれるとおりにするのみだ。最後に天板の上に柄杓の合を上に向け、蓋置を左点前に置いて、「入」の字にして荘った。たしか丸卓のときは合は下向きに伏せた。板そのままと塗りの違いなのか、それとも丸と四角の棚の違い？　と考えつつ客人用の席に戻った。

濃茶の場合も引き出しに薄茶器が入ったままで、お茶入を棚の前に置いた準備をしてから、お点前をはじめる。お茶入の仕覆を脱がせて、右手に持っているのを左の手のひらに打ち返して、天板の中央に置く。師匠にいわれるがままやっていて、ふと空いた左手を見ると、膝から離れてまたドラえもんのグーになっていた。お点前のときに使わずに空いている手は、必ず同じ側の膝の上に置いておかなければいけないのだが、はじめてのお点前をするときは緊張して、手の置き場が怪しくなってくる。あっと気がついて、あわてて左手を左の膝の上に置いた。

初炭に挑戦

「そろそろお炭の稽古もしましょう。『初炭《しょずみ》』をやってみますか」

と師匠に聞かれて、当然ながら、

「いやです」

とはいえない。お稽古をはじめたときに、師匠と先輩方が「しょずみ」「ごずみ」といっている意味がわからなかったのに、まさかそれを自分がするようになるとは。それもまだ完璧に薄茶も濃茶もできた試しがないのにである。炭は師匠がすでに竹を組んだ籠に入れて用意してくださっていた。

「炭の入れ物は炭斗《すみとり》といいます。中に枕炭《まくらずみ》が入っていて、ここに細長い丸管《まるくだ》を置いて、他の炭を丸管によりかかるように置きます。その上に胴炭といういちばん太い炭を置いて、右側に香台炭という、香合の台になる炭を置いて、枝炭を右向こう側に置きます」

炭斗の中を示しながら、教えてくださったが、その炭ひとつひとつに名前があって、何とかぎっちょという名前もあったが、忘れてしまった。

その後、火箸《ひばし》を炭斗の左側に入れ、釜を移動させるときに使う鐶《かん》を、輪の合わせ目を下にして、火箸にひっかける。羽箒《はぼうき》は左上にのせる。香合には香木を三枚入れておくと説明していただいた。

「この白いものは藤灰《ふじばい》といって灰器に入れておきます。藤の木から作るので、こういう名前なのですよ。灰匙《はいさじ》の柄が灰器の右側になるようにかけておきます」

師匠が説明しながら全部やってくださった。それを隣で見ながら、私は、

「はあ」

というだけである。

「そこにある紙の束は釜の下に敷くもので、紙釜敷《かみかましき》といいますが、横のわさを外側に出すように懐中します」

懐紙を何倍にもしたような和紙を四つ折りにした束だった。

師匠に指導されるまま、両手で炭斗を持ち出し、風炉の横に置く。

「灰器を持つ格好が大切なんですよ。肘《ひじ》を張って重そうなふうではなく、そしてきちんと持つように」

自分では自分の姿が見られないので、

「こんな感じでいいでしょうか」

と師匠にうかがいつつ、手を上げたり下げたりしているが、いったいどういう姿なのかは自分でもわからない。お点前と同じように頭でいちいち考えるのではなく、体に覚え込ませなくてはいけないのだろう。

炭を整えるには、湯が入った鉄製の釜を風炉から上げなくてはならず、意外に重労働だ。灰器は風炉の前から体を捻って腕を伸ばしたところに置くし、お点前よりも運動量が多い。どこをどうやれば炭に火がつくのかもわからないので、師匠に指示されるまま、右にしたり、よりかからせたりするのだが、結局は師匠が火箸を取って、お手本を見せてくださった。炉のときよりは小ぶりの釜で、とても重いというわけではないが、座ったまま重いものを、持ち上げたり置いたりするのに慣れない。

「着物を着ているとね、気をつけないと前がぐずぐずになるんですよ」

という師匠の言葉が恐ろしい。途中で灰匙を使って、風炉の手前の灰をちょっとだけ掬《すく》い取る。それを月形に切るというのだが、その灰匙の上の月形の少量の灰を、五徳の向こう側にひょいっと撒《ま》く。このところがかわいらしくて面白い。

しかし自分では何をやったのか、順番もよく覚えていなかった。

「来月から炉になって、またお手前が違いますからね。やったということだけ覚えておいてくだされば」

そうか、違うのか、また風炉になったら覚えればいいか。今日のことは家で復習しなくてもいいかなと甘いことを考えた。しかし丸卓と江岑棚の柄杓の荘り方が気になる。板のままと塗りの違いなのか、それとも丸と四角の形の違いなのか。師匠おすすめの参考書を見ると、塗りではない丸卓に、合を伏せて荘っている写真があった。そうなると塗りかどうかは関係なくなるので、形らしいと気がついた。どうやら天板が丸だと下向き、四角だと上向きのようだ。

翌週も江岑棚だった。別日でお稽古をしていた梅子さんは、海外旅行と国内出張から戻ってきたとかで、久しぶりに会った。今回のお稽古の棗は、甲のところに十二単をまとった小野小町《おののこまち》が金箔、金彩で描かれていて、胴の部分は「花の色は移りにけりないたづらにわが身世にふるながめせしまに」とこちらも金彩で和歌が書いてあるものだった。

お稽古は茶入荘《ちゃいれかざり》で、最初に水指の上に茶巾と茶筅を、ちょんまげみたいにのせてからお点前をはじめるので、物珍しく見てしまった。お茶入から脱がせた仕覆の紐の長さが、左右ほぼ均等になるようにと注意を受けた。そのうえ仕覆の裂地の名前が、

「駱駝文苺手錦《らくだもんいちごでにしき》」でかわいいと思っていたのに、正客の闘球氏から、

「お仕覆のお裂地は」

と聞かれ、

「苺文駱駝手錦」

といってしまい、師匠、闘球氏、白雪さんが笑いながら、

「駱駝文苺手錦」

と訂正してくれた。

「ああっ、もうっ」

わかっていたはずなのに、どうして頭の穴から、ぽろぽろと記憶が落ちていくのだろうか。「後炭」のお稽古もしたけれど、「初炭」とも違うところがたくさんあって、あたふたしてしまった。でも来月からは炉になるので、師匠にいわれたように、

「やった」

ということだけ覚えておこう。

闘球氏は中置《なかおき》のお稽古をしていた。いつもは、居前の壁付に寄せて、正方形の黒塗りの敷板に風炉が置かれているのだけれど、それが台ごと畳の中央に移動していた。

そうなると水指を置くスペースがなくなるので、細身の形のものが斜め手前の板からはずれた左側の壁付に置いてある。秋が深まってくると侘《わ》びの風情を出すために設けた遊び心であるらしい。お茶は師匠がいただきものとおっしゃっていた、八女《やめ》にある星野《ほしの》製茶園の「星光の昔」だった。味わい深いおいしい抹茶だった。

翌週の私は大板《おおいた》のお稽古をした。敷板がひとまわり大きくなっている。先週と同じく、水指は台の左側に置いてある。そして濃茶は、柄杓をかまえて風炉の左斜め前の台の上に蓋置を置き、その上に柄杓をのせるところからはじまる。そして最後は台の上左側に柄杓を置き、蓋置は柄の端、右横に置く。次から次へとバリエーションが出現するのである。初炭手前のお稽古もしたけれど、師匠にいわれるがまま、体と手足を動かしたり、釜を持ち上げたりしているだけだった。でもお茶を点てるのとはまた違った面白さがあった。

第十章　人生が足りない

許状が届く

炉になるお稽古《けいこ》の前、梅子さんと会った。再びのお稽古になるので、本を見てお点《て》前《まえ》などを予習しようとしたら、あっと気がついて、そのときのことを彼女に話した。

「ねえ、梅子さん、私たち、お稽古をはじめた炉のとき、炉に対して斜めに座ったのを覚えてる？　半年間、風炉《ふろ》を前にして座っていたから、びっくりしちゃったんだけど」

「えっ、そうですか？　そんなことがありましたっけ？」

梅子さんもびっくりしていた。同じ仲間がいてほっとしたものの、こんなことでこれから炉のお稽古に戻れるのだろうかと心配になってきた。

心配になりつつお稽古場にうかがうと、師匠がうれしそうに、

「許状が届きましたよ」

と見せてくださった。私は一枚の紙に書いてあるのだと思っていたら、和紙に包まれた立派なものが八通もあった。「入門必携」という小冊子もいただいた。許状は、このように表現していいかわからないが、時代劇で見た「果たし状」とおなじように上下が折ってあって、墨書きで表に「許状」と勢いのある文字で書いてある。ふだんは楽しいなあと思いながらお稽古している私だが、急に「茶道」という言葉が浮かんできた。

「これはね、ここまで習っていいというお許しですから」

師匠から申請書のコピーを渡されて見てみると、「入門」「小習《こならい》」「茶箱点《ちゃばこだて》」でひと区切りがあり、「茶通箱《さつうばこ》」「唐物」「台天目《だいてんもく》」「盆点《ぼんたて》」「和巾点《わきんだて》」のところまで、年と月が書いてある。その後は「行之行台子《ぎょうのぎょうだいす》」「大円草《だいえんそう》」「引次《ひきつぎ》」「真之行台子《しんのぎょうだいす》」「大円真《だいえんしん》」「正引次《せいひきつぎ》」「茶名《ちゃめい》・紋許《もんきょ》」「準教授」と続いている。茶名・紋許や準教授はともかく、他の言葉は何が何やらまったくわからない。長い道のりである。絶対に私の人生は足りない。師匠が許状をいただいた記念にと、白蝶貝《しろちょうがい》でできたネコの菓子楊枝《ようじ》をくださった。

「入門必携の中にある、利休百首はよく読んでおいてくださいね」

「わかりました。不肖の弟子ですが、これからもどうぞよろしくお願いいたします」

私は平身低頭するばかりだった。

家に帰って、入門はともかく小習とはどういうことかと調べてみたら、

「薄茶、濃茶、初炭、後炭ができるようになると、小習に進む」

と書いてある。何と私はまだ小習にすら届いていないのである。あんなに覚えるのが大変で、お稽古をはじめて九か月も経っているのに、薄茶、濃茶、炭手前も小習どころか私にとっては「大習い」なのに、どれだけお稽古しなくてはならないことがあるのかと、途方にくれてしまった。でもお許しをいただいたのだから、お稽古するのみである。

炉開き

十一月からは炉になり、茶人の正月ともいわれる大切な月だそうである。師匠から、

「炉開きを兼ねて、ここではお料理が作れないので、お弁当をいただいて、あらたまった日にしようかと思います」

といわれて、一同、大きくうなずいた。そこで問題なのが着物である。茶席の着物

関係の本を見ると、炉開きは晴れがましい行事なので、着物は訪問着または色無地か江戸小紋の紋付に、袋帯を締めて出席すると書いてある。写真ではどの方も華やかな雰囲気である。私は母の訪問着は友だちにあげてしまい、紋付き、それも一つ紋のものしか持っていないので、師匠に相談すると、

「そんなに気にしなくていいですよ。ただ多少は改まった席なので。小紋でかまいません」

といっていただけたので安心した。

小紋といっても私が持っていたのは、街着用ばかりで、茶室にふさわしいものをほとんど持っていない。候補として江戸小紋の鴇色《ときいろ》の縫いの一つ紋付の万筋《まんすじ》と、紺色の角通し《かくとお》しを選んだのだが、色合いと季節を考えて角通しに決めた。帯は何か月か前に購入した、大羊居《たいようきょ》の黒地の名古屋帯。前柄が四君子《しくんし》で、お太鼓柄が四君子と、囲碁を打っている唐子という意匠で、花のところどころに金の刺繡《ししゅう》で縁取りしてあるものだ。持っている袋帯を合わせても、どうもしっくりこないので、

「これで許していただこう」

である。

気温二十五度の炉開き

当日は気温が二十五度だった……。ふだんのお稽古だったら、洋服にしてしまうけれど、今日は大切な炉開きなのである。我慢して出かけなくてはいけない。汗取りを着て、丈の問題があった襦袢《じゅばん》は、丈を自力で詰めた単衣《ひとえ》のものにして出かけると、電車の中には髪をきれいに結い上げ、一つ紋付きに袋帯を締めた方々を三人見かけた。

「あなた様も炉開きですか？」

といった雰囲気で、知らない同士ながらお互いに会釈をしつつお茶室に向かった。

お稽古場は障子がはめられて、すべて閉じられている。お茶室を囲む廻《まわ》り廊下のスペースで、椅子に座って師匠と白雪さんとお話しした。白雪さんはずいぶん前に私がさし上げた水色の無地の紬《つむぎ》に、袋帯を締めていた。私には顔映りがあまりよくなかった色だったけれど、彼女にはとてもよく映っていて、さし上げてよかったと安心した。師匠はとてもモダンな青紫の地にコバルトブルーとサファイアブルーの花柄の斬新な着物をお召しだった。帯はグリーンの濃淡の三センチほどの横縞《よこじま》で、吉岡幸雄作である。合わせかたもとてもかっこいい。師匠は着物のセンスがすばらしいので、こちらも毎週、お目にかかるのが楽しみなのだ。

午後一時集合なのに、闘球氏が来ないので、どうしたのかしらと、みんなが心配しはじめた。白雪さんは私よりも若いが、師匠、闘球氏、私はシニア枠なので、来る途中で何かあったのではと心配になるのだ。師匠が連絡してみると、炉開きであることを忘れていて、いつもの時間でよいと思っていたと返事が来た。彼が到着する間、師匠、白雪さん、私で、ずーっと着物の話をしていて、楽しかった。

彼は、

「遅れて大変、申し訳ありませんでした。女性の方々がこんなにきれいにしていらっしゃるのに、いつもの格好ですみません」

とひどく恐縮していた。

「私たちで着物の話ができたから、よかったですよ」

といい、師匠からまず席入りの仕方を教えていただいた。

ベランダにつくばい代わりの水鉢が置いてあり、柄杓《ひしやく》で手を清めて茶室に入る。そのときはお互いに喋《しやべ》ってはいけないのだそうである。最初が正客で、順番に入室するとまずお軸を拝見する。その日は、

「関　南北東西活路通」

という、十五代家元鵬雲斎《ほううんさい》筆によるお軸が掛けられていた。師匠の師匠から伝わったものだという。

その後、懐石のお弁当をいただき、闘球氏と白雪さんはお酒も召し上がっていた。水菓子としておいしいシャインマスカットもいただいた。

食事の時間が終わると、御菓子が出て、

「私から、『席をあらためますので』と申しますので、お正客は『ご準備がおできになりましたら、どうぞお知らせください』とおっしゃってください」

と師匠が正客役の私に教えてくださったので、わけもわからずオウム返しにそういって、一同は退席した。再び廻り廊下のスペースで待機していた。いったいどのような方法で、お知らせがくるのだろうかと考えていると、突然、音が聞こえた。それは銅鑼《どら》だった。銅鑼を鳴らして知らせるのにも驚いた。そういえばお点前の動画を探しているときに、銅鑼のサムネイルを見たことがあって、どうしてここに銅鑼の画像があるのかと不思議に思っていたのだが、このためにあったのだ。

それを合図に部屋に入ると、壁に掛けられていたお軸がシンプルな花入に替わっていて、紫の実ものの矢車《やしゃ》ぶしと石蕗《つわぶき》が活けてあった。それだけでもまた茶室の雰囲気ががらっと変わった。

前席での主菓子は越後屋若狭の「初霜」で、師匠が濃茶を点《た》ててくださった。炉開きのお茶は、十六代家元坐忘斎《ざぼうさい》好みの一保堂の「雲門の昔」だと教えていただいた。最初に師匠がお点前の見本を見せてくださったときは、何もわからずに、ただ動きを目で追っているだけだったが、ゆらぎのないゆったりとした動きで見入ってしまった。そのゆとりのようなものは私にはない。何度も、

「倍速ではなくゆっくりと」

と注意を受けるのだが、つい何でもあせってしまって、ゆったりとはほど遠くなっている。人に見られるから茶道のお稽古はいやだという人がいて、それもわからないでもないが、それを吹っ切ってお稽古をはじめたのだから、できる限り客人にゆったりとした気持ちでいていただけるように、こちらもゆったりとした気持ちでいなくてはいけない。どう格好よく見えるかを考えるのが必要ということも、師匠のお点前を見てよくわかった。

私は風炉の濃茶は教えていただいたが、炉の濃茶のお稽古はまだしておらず、見て

いると師匠がお点前の途中で、何度か釜《かま》の蓋《ふた》を閉めている。

「お湯が冷めないようにするためなんですよ」

隣に座っている白雪さんが教えてくれた。そして私がしつこく覚えていた、抹茶を茶碗に入れてから、水指の蓋を開けるのも、炉の濃茶では開けずに、ずっと閉めたままなのだ。

（あれえ）

である。

師匠が点てたおいしくてふっくらとしたお濃茶をいただいた後、

「皆さんお疲れでしょう。続き薄茶にしましょう」

といわれた。

「本来ならそのままですが、お稽古なのでということで」

と小さな座布団が出てきた。誰も煙草は吸わないけれど莨盆《たばこぼん》も出てきた。

「座布団は立ち上がって座り直すのではなく、半分に折って、そこにひょいっとのるのですよ」

そう師匠はおっしゃったが、そう簡単にできるものではない。白雪さんがお手本を見せてくれて、ひょいっと軽々と座布団の上にのった。彼女は細身で体重が軽いからいいけれど、特に下半身に重量がある私としては、軽やかに座布団の上に、正座したままジャンプなんてできない。結局、ジャンプをしたかどうかわからないような状況で、無理やり座布団を体重で押し潰《つぶ》し、何とか上には座れた。

薄茶の干菓子はささまの、「菊」と「菊の葉」だった。大ぶりなのが華やかでいい。しかし小さくても愛らしいところが和菓子のいいところだろう。私、白雪さん、闘球氏の順番で薄茶を点てるとのことで、居前に座ったが、緊張して茶筅《ちゃせん》通しをするときは、柄杓で掬《すく》ったお湯は全部茶碗に入れるのに、半分、釜に戻そうとしてしまったし、多々問題があった。おめでたい席なのに申し訳ない限りだった。ふだんのお稽古に比べて、立ち座りの回数は少なかったのに、お点前のときに柄杓を手にふと自分の膝《ひざ》を見たら、着物の下前の衽《おくみ》が目に入った。これはふだんは絶対に目に触れない位置にある布なのである。

(何でこんなに下前が)

と驚きつつ、両手が空いたところで、ささっと上前をひっぱって隠した。あっちもこっちもいろいろとうまくいかなかった。自分の番が終わり、客人に戻ってため息をつきながら床の間を見ると、やはりお花と花入の取り合わせがとても素敵だった。花入についてうかがったら、師匠の師匠愛蔵の不東庵《ふとうあん》、元首相の細川護熙《ほそかわもりひろ》氏作の伊羅保《いらぼ》とのことだった。

自分に関しては問題ありだったが、とても楽しい気分で家に帰ってきた。が、着物を脱いだとたん、ものすごい汗じみができていたのでびっくりした。汗取りは着ていたのだが、そこの部分には汗がしみ出ていないのに、汗取り部分からはずれているところに、どっと汗が流れ出ていた。ぎゃっといいながら、すぐにハンガーにかけて風を通した。すぐに手入れをしてもらわなくてはならないだろう。

襦袢は白地なので汗じみができているかどうかはわからなかったが、着物の下に着ているのだから、目には見えないけれど、ひどいことになっているはずだ。本当に今年はいつまでも気温が高く、十一月になっても二十五度というのは今までなかったのではないか。かといって炉開きに単衣の着物を着ていくのは違うような気もするし、これからお茶席の着物と気候変動の関係はどうなるのかと心配になってきた。

茶壺登場

炉開きの雰囲気がよかったなあと思い出しながら、翌週、お茶室にうかがうと、床の間に茶壺《ちゃつぼ》が置かれていた。はじめて見た。あのずいずいずっころばしに出てくる茶壺である。高さは三十センチくらいの茶色い壺で、裂地で蓋がされ、朱色の紐《ひも》が複雑に結ばれていて、いかにも、

「簡単に開けさせるものか」

といった風情がある。中にそのまま抹茶が入っているわけではなく、石臼《いしうす》でひいて抹茶にする碾茶《てんちゃ》の茶葉が袋に入っていて、そのパッキングに番茶も使われていたらしい。

「へええ」

感心しながら、しげしげと眺め、

(私には絶対、ほどくことができない)

と自信を持った。

最初のお稽古は薄茶の平点前だった。炉になったばかりなので、今日は平点前の日なのだそうだ。ところが私は最初からミス連発だった。以前にもやらかした、棗《なつめ》と茶

碗の置き合わせたものを、自分の膝前に移動させなくてはいけないのに、それを忘れて帛紗《ふくさ》を取って捌《さば》こうとした。何度同じ間違いをすればいいのかと、情けなくなる。

炉での濃茶のお稽古をはじめてしたけれど、お点前の途中で仕覆を置くとき、持つときは左手ですること、火がある側に紐の打留《うちどめ》を向けると教えていただいた。釜の蓋を途中で閉めるのを忘れないようにするのと、お茶を出した後に柄杓や蓋置を、建水にいったん片付けるという手順が、風炉にはなかったので戸惑った。客人が寒い思いをしないように、襖《ふすま》の開け閉めが多くなるのだけれど、立ち座りをすると脚のどこから音がする私としては、開け閉めが多いと面倒だなと思ってしまった。闘球氏は濃茶と薄茶の平点前、白雪さんは初炭と濃茶点前だった。初炭の炭斗《すみとり》は大きな瓢簞《ひょうたん》を切ったものだった。バスケットボールを半分に切ったような大きさで、中に黒漆が塗ってある。口切りの茶事に合わせての仕様だそうだ。知らない決まり事がたくさんある。

干菓子は一幸庵の「雪つぶて」。小さなドーム形に固められた和三盆をかじると、中から大徳寺納豆が出てくるのである。ドーム形がひとつひとつ、紙でくるんであるのがかわいい。主菓子も一幸庵の栗蒸し羊羹《ようかん》で、二段になっていて、上が和風のカステラのような松風で、下が栗蒸し羊羹になっている。このような栗蒸し羊羹ははじめて食べた。とてもおいしい。自分のお点前がちゃんとできたら、もっとよかった。

炭手前のお稽古のために、白雪さんの手元をのぞきこんで見せていただいたが、炉用の炭は風炉用に比べてとても太い。炭手前が終わってしばらくすると、いい香りが漂ってきた。松栄堂の「松柏《しょうはく》」というお香だそうだ。ものすごい勢いで湯が沸いてきて、次にお稽古をした闘球氏のほうに蒸気がなびいていた。

薄茶のお稽古の際、お仕舞いのときに、正しくは茶杓を取ってから建水の位置を少し下げ、帛紗を取って捌くのに、茶杓を取る前に建水を下げてしまった。濃茶のときはお茶を点てる前に茶筅通しをする際、茶碗にお湯を注いだ後、釜の蓋を閉めるのを忘れた。師匠に茶道口からお道具を持ち出すとき、お点前が終わって茶道口に下がるときの、柄杓、蓋置の持ち方について、やや肘《ひじ》を張る感じで持つようにと注意される。最後まで気を抜いてはいけないのである。

畳の歩き方も難しい。本を買ってそれなりにわかったようなつもりだが、ついつい斜めの最短距離を歩いてしまい、

「それはちょっと……」

と師匠に苦笑される。直線で進んでから右足をかぶせて方向を変え、そしてまたま

っすぐ進まなければいけないのである。

(軍隊方式、軍隊方式)

とつぶやきながらやっているが、それでもつい斜めに歩いてしまうので、言葉には出さないけれど、

(ああっ、またやらかした!)

である。どれだけやらかせば気が済むのか、だ。

干菓子は老松の「もみじ」、小布施堂の「くりは奈」だった。主菓子はとらやの「亥《い》の子餅《こもち》」で本当に亥の子という形がなんともいえず、愛でたくなる。お稽古に通ったことで、和菓子の多様さも知ったし、おいしさも知ることができた。

炉の初炭手前

ふだんよく使っているデパートの通販サイトで、茶道具を検索してみたら、茶道に関する様々なものが並んでいた。初心者用のお稽古セット、軸、稽古着などと共に、お道具類もたくさん並んでいる。もともと抹茶茶碗は高いのはわかっていたが、いいなあと思うお茶碗は桁《けた》がひとつ違うので、びっくりした。そのなかで知らないお茶に

目が留まった。お茶に関しては不勉強で、ほとんどのことを知らない。失礼ながら八女にある星野製茶園も知らなかった。しかし知らないお茶に興味が出てきたので、その堀井《ほりい》七茗園《しちめいえん》の「プレミアム　成里乃《なりの》」というお茶を買ってみた。一般的な抹茶が入っている筒状の缶ではなく、キャンディーが入っているような平たい缶だった。どんな抹茶かはわからないけれど、これをお茶室に持っていくのが楽しみだった。

すぐにお茶が届いたので、翌週のお稽古に持参して、師匠にお渡しした。その日は炉の初炭手前をはじめてお稽古した。風炉のときは灰器に白い藤灰を入れたけれど、炉のときは湿し《しめし》灰《ばい》を使う。この湿し灰は、灰に番茶の煮汁をかけて、湿り気がある程度に乾かしたものだという。そのせいか色も茶色い。炭手前のときに、闘球氏や白雪さんが、

「は、かん、ばし、こう、かまのふた、かんかけ、かましき」

といっていたが、まったく意味がわからなかったが、それは、

「羽箒、鐶、火箸、香合、釜の蓋、鐶かけ、釜敷き」

という炭手前の手順をいっていたのだった。それがわかったといって、私がすぐに炭手前ができるわけではない。

炭が太いので火箸でつまむのも大変だし、釜に鐶をかけて、両膝に両肘をつけて、ぐいっと畳の上に持ち上げて釜敷きの上に置くのも、持ち上がらないというわけではないが、それなりにずっしりと重い。おまけに風炉のときに教えていただいたよりも、体を捻《ねじ》ったりにじったりと運動量も多い。たしかにこれだと慣れるまでは着物がぐずぐずになり、下手な私がやると、着物の前が全開になりそうだった。

師匠に教えていただきながら、釜を上げて炉の中を見た。風炉のときと同じように、湿し灰をぱっと放り投げるようにしてしまった。

「炉の中の四辺のところの灰を、山脈のような形に作っているので、その稜線《りょうせん》のところに沿うように、湿し灰を置いてくださいね」

師匠にそういわれたとき、私はこの四角い一辺四十二センチほどのなかにも、小さな世界があることに少し感激した。ただ炭を足して灰を撒《ま》けばいいというものではない。世界を乱してはいけないのだと肝に銘じた。

薄茶のお稽古のときは途中までミスなしでできて、これははじめて完璧《かんぺき》にできるかもと思ったとたん、次の手順がとんでしまった。闘球氏と白雪さんが、小声で、

「茶杓、茶杓」

と教えてくださった。おまけに濃茶のお稽古のときには、水屋で師匠にいわれた茶入の中をのぞいて、

「お茶が入ってないでーす」

と騒いだら、師匠が、

「そんなことはないわよ、ちゃんと入れておいたもの」

とおっしゃる。

「でも入ってないんですけど……」

とお茶入を傾けてみたら、ちゃんと中に入っていた。私が騒いだものだから、闘球氏がきてくれたが、お茶入をのぞき、

「ちゃんと入ってるじゃないの」

と呆《あき》れられた。お茶入が長細い形なので、底のほうまでちゃんと見なかった私が悪いのだ。本当におっちょこちょいの大馬鹿野郎である。

「お騒がせしてしまって、大変申し訳ありませんでした」

とみなさまに謝るしかない。主菓子は越後屋若狭の「朝路餅」とおまけのマリーズ洋菓子店の「両国《りょうごく》スフレ」だった。越後屋の近所なので、ついでに買ったそうだ。洋

菓子も抹茶によく合う。

ダマができる

のっけからやらかしてしまった私は、お点前のときもやらかした。師匠がせっかく、私のお点前のときに使うお茶入の中に、持参した抹茶を入れてくださったのに、お茶を練ってこれでいいかと思いつつ茶筅を上げたら、柄に近いほうに大きなダマがべったりとついていた。

「あっ、大きなダマが……」

とあせっていると師匠が、

「振ってもだめ？」

とおっしゃるので振ってみたが、しっかりとダマはついたままだった。

「だめです」

「それじゃ仕方がないですね」

練ったつもりがちゃんと練れていなかった。最悪である。お茶はとてもおいしいと褒めていただいたが、ため息しか出てこない。師匠はもちろん、闘球氏や白雪さんが点ててくださったら、もっともっとおいしかっただろう。おいしいといっていただいたのは、私の腕ではなく、抹茶自体がおいしいのだ。

「利休百首には『とにかくに服の加減を覚ゆるは　濃茶たびたび点てゝ能《よ》く知れ』とありますから、回数を重ねるしかないですね」

点てた回数からいくと、ゼロに等しいのだから、とにかく点てて覚えていくしかない。それと同時に、すらすらと利休百首を暗記しているうえに、あのすべてのバリエーションを把握している師匠の頭の中はいったいどうなっているのだろうかと信じられなかった。

闘球氏は難しそうなお盆の上に香合がのった炭手前と、濃茶と薄茶のお稽古。白雪さんは、私が使うのはなるべく避けたい、まだ扱う手順がよくわからない大海を手にして、濃茶のお稽古をするとおっしゃっていた。お仕覆は長緒だし、私にとっては難物のコンビなのだ。師匠から、

「お好きなお茶入を」

といわれると、私はそれではないものを手に取る。さっとそれを手にされる白雪さんは、かっこいいのだった。

第十一章　どうしようもない大失敗

甲赤のお茶入

翌週、お稽古《けいこ》にうかがうと、丸卓《まるじょく》の上に甲赤《こうあか》のお茶入、下に灰色の小ぶりな水指が置いてあった。この甲赤は高さがなくて、最初にお稽古をしたときに、棗《なつめ》のつもりで持ったら、蓋《ふた》だけ持ち上げそうになって、本体まで指が届かず、あせった薄茶器だった。そのまま持ち上げていたら、抹茶が入った本体を、畳の上に落としてしまっただろう。

「最初はお濃茶にしますか？　お薄にしますか」

と師匠に聞かれたので、

「お薄にします」

と返事をした。十か月間、お稽古を続けてみて、いちばん大事なのは基本の薄茶点《て》前《まえ》ではないかとわかった。これさえ完璧《かんぺき》にできれば、すぐ記憶が飛んでしまう私の脳でも、濃茶点前も、信じられないほどたくさんあるバリエーションも、いくつかは覚えられるのではないかと感じた。しかしその薄茶点前でさえ、完璧にできない。すべてを習得した方が、「完璧にできなかった」というものとは雲泥の差の、そもそも「途中で忘れる」問題が多々起こるからだった。

棚なので竹の蓋置ではなく、赤絵の蓋置を選んでみた。茶碗も正面がわかりやすいものを選んだ。茶碗に茶巾《ちゃきん》、茶筅《ちゃせん》、茶杓《ちゃしゃく》を仕込んでお茶室に入ったら、いったん茶碗を壁付に置くのだけれど、すぐ右手で置くのか左手で置くのか忘れてしまう。それから天板の上の甲赤を下ろすのだが、これは高さがないので、大海と同じ扱いをしなければならない。これは私が大海を避けているのを知っている師匠が、慣れるために甲赤を置いてくださったのではないか。別の理由があったのかもしれないが、私にとっては「あら、大変」な出来事だった。

半月で浅く持たないように気をつけて甲赤を畳の上に下ろし、茶碗と置き合わせた。薄茶器を清めるときや、その後、抹茶を茶碗に入れるとき、甲赤の場合はまず半月に甲赤を取り、片方の手で親指を上にして上下に持って、手のひらにのせる。清めるときは、いつものように帛紗《ふくさ》を捌《さば》いてたたみ、右手の薬指と小指で握りこんで甲赤を扱う。お茶を入れるときには、左手に甲赤を受け、右手に茶杓を握りこんで蓋を開けて膝《ひざ》正面に置く。抹茶を茶碗に入れたら、また茶杓を握りこんで蓋を閉める。そしてそのまま右手で上下に持ち、左手で半月に持って、元の位置に戻すのである。

ただでさえ指が短いうえに、思い通りに動いてくれない。気を許すとお手玉状態になって、甲赤や帛紗、茶杓をすべて取り落としそうになるのが怖い。今回はゆっくりと、師匠が横で、

「はい、次は上下、次は上から……」

といってくださったので、確認しながら何とかできたが、次にできるかどうかはわからない。

棚に柄杓を荘《かざ》る場合、湯のほうが水よりも蒸発しやすいので、湯返しをしておく。

「『入』の字になるようにね」

丸卓は合を伏せるのだったと斜めに置き、入の字になるように、蓋置を斜め手前に置いた。そして拝見から戻ってきた甲赤を蓋置と対称になるように置いた。すると甲赤の赤と蓋置の赤絵がちょうどいいバランスになった。

「今回は水次を持ってきて、お水指に水を入れましょう。薬缶《やかん》が置いてあるので、それを使ってください」

水屋には陶製の片口《かたくち》と銅製の口蓋つきの薬缶水次が置いてあり、その薬缶の蓋の上に、たたんだ茶巾をのせて持ち出した。陶製よりも軽いので、落としそうになる可能性は少ないのが助かる。丸卓は二本柱なので、水指はそのままの位置で蓋を開けて水を注ぐ。薬缶の口蓋を茶巾の角でひっかけてぱたっと開け、注ぎ終わって薬缶を畳の上に置いたら、また茶巾の角で口蓋をぱたんと閉める。ままごと遊びのようでちょっと楽しい。やってきた白雪さんが丸卓を見て、

「甲赤と蓋置で、赤いのがあるとかわいいですね」

といってくださった。

先輩方のお点前

白雪さんの次にやってきた闘球氏は、初炭手前だった。いつもは炭斗《すみとり》に羽箒《はぼうき》や香合を入れて持ち出すのだけれど、今回は準備として、丸卓の上に羽箒と香合が「入」の字になるように置かれていた。その他のお道具を炭斗に入れて、棚の上のものを下ろ

して、炭手前をはじめた。

(炭手前でもこういう手前があるのか)

と太い炭が炉に継がれるのを眺めていた。

すぐに火が熾《おこ》り、ものすごい勢いで釜から蒸気が上がりはじめ、いい香りが漂ってきた。今日のお香は松栄堂の「玉柏《たまがしわ》」だそうだ。前の「松柏」は艶《あで》やかな香りだったが、こちらはシンプルなさっぱりとした香りだった。

「それでは白雪さんは入子点をしてみましょうか」

「やった」

白雪さんが喜んでいた。前にもお稽古をしたが、入子点は立ち座りがうまくできない老人と子ども向けの点前といわれている。丸卓の上には、私のお稽古のときに荘り残したように、「入」の字に伏せた柄杓と蓋置、蓋置と対称に甲赤が置かれた。

曲《まげ》の木地製の建水に、茶巾、茶筅、茶杓を仕込んだ茶碗を入れて、白雪さんが居前に座り、荘ってあるものを下ろしてお点前をはじめた。干菓子はささまの「菊の葉」と種物といわれる白味噌餡《しろみそあん》が入った「松葉」だった。どちらもほんのりと甘くておいしい。茶碗も棚に荘る場合は、清めるために仕舞いの茶筅通しの後、茶巾で拭《ふ》く。そ

してその茶巾を建水の上で絞り、たたみ直すのだけれど、いつもは茶巾をたたむ作業は水屋でするので、白雪さんは、

「みんなが見ている前でたたむのは緊張しますね」

と笑いながらきれいにふくだめを作って茶碗の中に入れていた。

茶筅を茶碗に入れ、茶杓を清めた後、甲赤と茶碗を置き合わせる。柄杓を構えて釜の蓋を閉め、柄杓を蓋置に置き、水指の蓋も閉める。それから柄杓を居前から天板中央に合を伏せて荘り、蓋置を地板の水指の手前左に置く。甲赤を右手、茶碗を左手に持って、天板上の柄杓の右側に甲赤、左側に茶碗を同時に置いた。それから帛紗を捌き、たたんで水指の蓋の上に荘っていた。持ち帰るのは建水だけである。茶道口では、お道具類を柱があるほうの、自分の右側に置くのだけれど、建水には汚れた湯水が入っているので、客人の目に触れないように回って、左側の襖《ふすま》の陰に置いて挨拶《あいさつ》する。ことごとく客人のことを考えているのだ。

次は闘球氏の濃茶点前だった。主菓子はとらやの求肥《ぎゆうひ》製の「祇園坊《ぎおんぼう》」という名前の干柿を模したもので、天保《てんぽう》十一年に作られたものだという。中には餡が入っている。粉をふいた干柿がよく表現されていて、その表面の和三盆も、干柿を食べたときの感

触にとてもよく似ていた。見た目は地味だが、風情がある私好みの御菓子だ。

御菓子をいただきながら、風炉《ふろ》のときは茶入を脱がせた後の仕覆を右手で取るのに、炉のときは左手になっている。なぜだろう。どちらか同じにすればいいのにと、お点前を拝見していた。先輩方はスムーズにお点前をこなしている。いつになったらそのようになることやらである。だいたい私がスムーズにお点前が進んでいるときは、何かの手順をすっとばしている証拠なのだ。

やはり闘球氏が点てたお茶は甘くておいしい。白雪さんのお点前のときの御菓子は、恵那寿やの甘酸っぱい「柚子《ゆず》と杏《あんず》のフリュイ」。柚子と杏が二層になり、外側に砂糖がまぶされた立方体のかわいらしい形になっている。白雪さんが点てたお茶は相変わらず爽《さわ》やかだ。私が点てたお茶を自服すると、前よりはましになったけれど、まだまだだ。だいたいお茶にダマができている時点でアウトだろう。

茶杓荘

時間は五時前になり、そろそろお稽古は終わりかなと考えていると、師匠が、

「お薄で茶杓荘をしてみましょうか。時間はかからないと思うから」

とおっしゃる。先輩方もやりましょうと勧めてくださるので、

「わかりました」

と返事をして、水屋に入った。実はその日、十二月が誕生月の私に、お茶を習いはじめたのを知った友だちが、茶杓をプレゼントしてくれた。お茶を掬《すく》う表側は竹で、裏面に松竹梅の蒔絵《まきえ》が施されている。うちで使うのには一般的な竹製の茶杓は持っているので、これはお茶室でみんなに使っていただいたほうがいいのではと、持参したのだった。

「せっかくのお茶杓ですから、やってみましょうよ」

師匠の言葉に押されて、茶杓荘というものがどういうものかもわからず、いつものように師匠のおっしゃるとおりに準備をはじめた。棚は使わないそうなので、闘球氏が丸卓を片づけてくれた。

「お茶を点てない茶碗に、茶巾、茶筅、茶杓を仕込んで持ち出します。お茶を点てるお茶碗のほうには、懐中にたたんで入れてある帛紗のわさを右手で取って、そのまま手前に手がかりになるように、お茶碗から少し出して入れます。その上に甲赤を置いてください」

（お茶を点てない茶碗？　帛紗を茶碗の中に敷く？）

と首を傾げつつ、お茶碗を選んで茶巾、茶筅、茶杓を仕込んだ。

「茶碗を両手で持って水指の正面に置いて、茶杓を水指の蓋の右横に置きます。そして茶筅を取りだしてお茶碗の横に置き、茶巾を水指の蓋のつまみによりかからせるように置いて、その上に茶筅をのせます。そうしたら空になったお茶碗を持って、戻ります。そしてお点前に使う、帛紗を敷いたお茶碗を持ち出してください」

この茶巾の上に茶筅をのせた状態がちょんまげのように見える。

（この空になった茶碗を持って戻るのか）

はじめての手順にへぇと思いつつ、お点前に使う茶碗を持ち出して水指の前に置き、建水を持ち出して座り、柄杓をかまえて蓋置を出す。茶碗を両手扱いで膝前にひいて、中から甲赤を手前に出す。

「そうしたら茶碗の中の帛紗を右手で取って左手にのせて開きます。そして右上角を取って、いつものように捌いてください」

間違っていないだろうかとどきどきしつつ、右上角を取ると帛紗が垂れ、いつも捌いているときの柄が三角の向こう側にあったので、

（ああ、間違っていなかった）

とほっとした。お茶を点てる手順はほぼ同じだけれど、拝見のときが違った。いつもはそのまま出すのだが、懐中している古帛紗を出して二つ折りのまま、茶杓を上にのせて出す。そして柄杓、蓋置、建水のグループ、茶巾、茶筅が入った茶碗のグループ、最後に水指を水屋に下げる。

拝見が終わると私の前には古帛紗の上の茶杓と、その右側に甲赤が置いてある。問答も終わり、

（これはどうやって持つのか？　お仕覆のときと同じように上にのせて持つにしても、古帛紗の上にのっているから、まずそれをどかさないと古帛紗は持てないし、両手で古帛紗を持ち上げるのか、それともばらばらに単体で持って帰るのか？）

と短い間に考えながら、その場で固まっていると、

「右手で甲赤を取って左手に持たせ、右手で古帛紗ごと膝前に取り、茶杓を右側にはずして古帛紗を懐中します。茶杓を右手に持って帰ります」

と師匠がいった。左手に薄器を持ったのはいいが、古帛紗を右手だけで懐中するのが難しい。布なのでふにゃふにゃしていて、稽古着の衿元《えりもと》に収まってくれず、皺《しわ》にな

るのもかまわず、ぐいっと押し込んでしまった。

茶杓が偉かったのは下に古帛紗を敷いているときまでで、このお点前は、目上の方や、当日いらした客人からお茶杓をいただいたときにするお点前だという。茶杓をくれた友だちも、喜んでいることだろう。

今年のお稽古もあと二回になってしまった。歳を重ねるたびに、一年があっという間なのだが、今年はより早かったような気がする。

後炭のお稽古

「今日は後炭のお稽古をしましょう」

師匠にいわれて、一瞬考え、

「炉の後炭のお稽古ははじめてでしたよね」

と確認すると、準備をしてくださっている師匠から、

「そうですよ」

と返事があって安心した。もしもお稽古をした経験があったとしたら、まったく記憶がなかったからだった。習っているかそうでないかの記憶さえも怪しくなってきて

いる。ただ先輩方のお稽古の際に、釜を茶巾で拭いて、ばーっと蒸気が上がったのは覚えている。

すでに炭斗には炭が用意してあり、灰器には湿し灰と灰匙《はいさじ》が入れられ、灰匙の上にはひと粒の練香が置かれていた。前のお手前のときは、中央にどんと炭が寝ていたのに、それよりも短い、輪切りになった炭が切り口を上にして置かれていた。

「水次を使います。薬缶に水を入れてありますから、蓋の上にお茶巾を置いてください。ふくだめの反対側をちょっと湿らせて。それと薬缶の口に竹の蓋置をかぶせておいてください」

お茶巾はわかるが、薬缶の口に蓋置をかぶせるとはどういう意味なのだろうかと、首を傾げつつ、その通りに準備をした。が、その蓋置がおとなしく薬缶の口に収まってくれず、持ち上げると口から落ちてしまう。何度やっても落ちる。

「竹の中の穴が浅いから、落ちるのかもしれませんね」

師匠はそういってくださったが、先輩方のときは、落ちたのを見たことがなかったので、私のやり方やバランスの取り方が悪いのだろう。

炭斗を茶道口の柱側に置いて、挨拶をしてから両手で持って炉の右側手前に座り、炉の右側に置く。次に持ち方が重要な灰器の灰匙の柄の向こうを右手でしっかりと持って出て襖を閉める、炉正面まで進んで左足をかぶせて、踏込畳《ふみこみだたみ》の角をめざして座り、左手で扱って、茶道口に近い畳の隅に置く。炉正面に座り直して羽箒を炭斗から下ろし、炉と炭斗の間に置く。帛紗をとって釜の蓋をぴったりと閉める。先輩方がいっていた、「は、かん、ばし、こう、かまのふた……」を覚えていればいいのかと思っていたら、どうも手順が違うようだ。

それから炭斗の中から鐶《かん》を取りだして釜にかけ、組釜敷《くみかましき》を炭斗から出して、よいしょといったん釜をその上にのせた後、左側にぐいっと移動させる。炉の中が見える状態になったら、炉の初炭のときと同じように、初掃《しょばき》きをする。そして火箸《ひばし》を持って待機していると、師匠から火が熾っている部分を指さして、

「胴炭を半分に割ってください」

と指示されたので箸で突いて割った。それを寄せたり、熾っている炭を移動させたりするのだけれど、五徳よりも炭が上になると釜の位置が不安定になるので、その点も注意しなくてはならない。師匠にはどこに炭を置けば効率的に火が熾るかがわかるのだろうが、私はまったくわからない。

それから炭斗を客付向こうに移して、勝手付にひと膝向いて灰器を取り、炉と炭斗の間に置く。

「灰匙の上にのっているお香を、灰のところに落としてください」

灰器には、初炭で半分湿し灰を撒《ま》いているので、右半分にスペースがある。そこに練香をのせて、灰匙が置いてあるのだ。

師匠が「お香は直接火に当てて、焦がしてはいけない」といっていた覚えがあったので、

「火のなかに落としてはいけなかったんですよね」

といったくせに、お香をぽとりと落としてしまい、灰の上を転がって炭にぴったりとくっついてしまった。

「あああっ」

めちゃくちゃあせった。

「あら」

師匠もこれは……と思ったはずだが、

「はい、次にその灰を五等分して全部、掬って撒きますよ」

と次の指示に移った。五等分して最後まで撒こうとすると、灰を寄せようと匙を動かすために、器の中をさらう、ごりごりという音がたってしまう。これはまずいのではないかと、

「あのう……」

といったとたん、師匠が、

「少し残ったとしても、かまいませんからね」

といってくれた。灰匙は手前側に灰を撒くときは、持ち方を変えるので、気をつけなくてはいけない。

炭の上に灰を撒いたら、火が消えてしまうのではと想像したが、湿し灰なのでより火が熾るそうだ。

そして中掃きをする。初炭と違って、炉縁の右上角から下に、左手前角から右角まで、炉壇も同じように掃いたら、五徳の爪を左、手前、右の順番で掃くのだが、掃き終わったときに羽箒を取り落とし、もう少しで燃やしてしまうところだった。どうも今日は、物が手に付かない。

「火箸を右手で取って左手に持たせ、いちばん上にのっている炭を輪胴といいますが、

それを右手で直に持って、手前側と左上の五徳の間に置いてください」

　素手で入れるのかと、いわれたとおりに炉の中に置くと、ちょっと熱かった。この炭を持って少し黒くなった手はどうしたらいいのだろうかと思っていたら、炉の中を見てくれていた白雪さんが、

「お懐紙で拭いて」

　と小声で教えてくれた。それから火箸を右手に持ち替えて、師匠にいわれるまま炭を継いでいったが、こちらも釜が安定するように置き方に気をつけなくてはならないが、上からしか見られないので、感覚がつかめない。師匠から指示されるままに炭を動かして、どうにか炭を継ぎ終わった。

「継ぎ終わったら後掃きをします」

　後掃きも初炭と同じだった。はあと小さくため息をつくと、次は釜の移動である。左側にぐいっと移動させていた釜に鐶をかけて、最初に釜を上げたところまでひきずって戻す。そして今度は最初に灰器を置くときに座ったところまで、ずりずりと移動し、手を伸ばして灰器を取って、茶道口の襖を開けて水屋に戻った。

「薬缶を持ち出してお釜の前に座りますよ」

師匠の言葉に、水屋から蓋の上に湿らせた茶巾をのせ、口に竹の蓋置をかぶせた薬缶を持ち、釜の正面に座った。運ぶ途中、またまた竹の蓋置が落ちそうになった。

「水次を口が右側に向くように、左側に置いて、茶巾を釜の蓋の上にのせてください。それから右手で蓋置を取って、左手で扱って右手でお釜の前に置きます」

私は、「はい」と返事をしながら、その通りにするのみである。

「お茶巾でお釜の蓋を取って蓋置の上に置きます」

ああ、なるほど、そのために蓋置が必要だったのかと納得する。

「お茶巾の角で薬缶の口の蓋を開けて、左手でつるを持って、右手のお茶巾を口の部分にあてがいます」

水をこぼしてはいけないと、薬缶の口に茶巾を近づけたら、

「そこじゃなくて、もう少し下ですよ。お茶巾を通して、水が釜の中に入ってはいけないので、添える感じで扱って」

といわれた。たしかに茶巾を水を注ぐ口に近づけたら、茶巾が含んだ水も一緒に流れてしまう可能性がある。私は薬缶の注ぎ口の下のふくらんだ部分に茶巾をあてて、釜の中に水を注いだ。釜が大きいのでずいぶん水が入る。薬缶が軽くなったので、持

ち運ぶ私のほうはちょっと気が楽になった。

水を注ぎ終わった薬缶は左側に戻して茶巾で注ぎ口の蓋を閉めた後、茶巾で釜の蓋を閉め、茶巾を釜の蓋の上に置いた。次に蓋置を薬缶の口にかぶせ、左手で釜の蓋のつまみを押さえる。私がついつまみを三本の指でつまんでしまったら、師匠が、「つまみはべたべた触るものではないので、左手の人差し指で押さえる程度にして」と注意された。そしてその状態で、右手に茶巾を持ち、蓋の上をつまみを中心にして、向こう側、手前側と拭く。

次に左手をつまみから離して、右手の茶巾で釜の向こう側の、胴上部の「肩」といわれる場所を左から右、次に「腰」といわれる下の部分を同じく、手を伸ばして左から右に、「二」の字を書くように拭き、次に胴の手前側を「つ」の字を書くように拭く。ふと気がつくと、正しくは正座をしている左膝の上にあるはずの左手が、やはりドラえもん状態で中途半端な位置で浮いたままになっていた。私にはわからなかったが、客人役の闘球氏と白雪さんからは、お釜を拭いたときに、ぱーっと蒸気が上がるのが見えたのだそうだ。今の私の立場としては、なぜ「二」の字と「つ」の字なのかと深くは考えずに、教えていただいたとおりにすればよいのだろう。持ち出したときと同じように、茶巾を薬缶の蓋の上に置き、水屋に持って帰る。帰るときは蓋置はちゃんと収まってくれた。いい具合にバランスが取れていれば、蓋置は落ちないように作られているようだった。

釜を畳の上に放置したままなので、炉の正面に座ってひと膝前に進み、はずしてある鐶を取って釜に掛け、両手でまたよいしょと持ち上げて五徳にかける。薬缶が軽くなったということは、釜が重くなったという当たり前のことを、ここで知るわけである。私はまだ何とか持ち上げられるけれど、腰が悪かったり、私よりもっとご高齢の方は大変なことだろう。

組釜敷、鐶を炭斗に戻し、ひと膝下がって釜の蓋のつまみを素手で持って、蓋を切る。炉縁右側までにじって、炭斗のほうに寄り、両手で炭斗を持って茶道口に座り、柱側に炭斗を置いて一礼して襖を閉める。これで後炭手前が終わるのだ。

「お疲れ様でした」

師匠が声をかけてくださり、大仕事を終えたような気分になった。羽箒は燃やしそうになるし、お茶のお点前よりも運動量は多いし、それも立ってではなく座ってなので、炭手前を着物でするのは大変だなと、先が思いやられた。しかしきちんとお手前ができる方々は、体の使い方が慣れているので、着物の崩れ方がひどくないのに違いない。

次は江岑棚《こうしんだな》での薄茶のお稽古で、引き出しの中の甲赤を取りだして、茶碗と置き合わせる。お点前の途中で、薄茶と濃茶がごっちゃになってしまい、

「水指の蓋を清めなくてはいけなかったのでは……」

といいながら師匠の顔を見ると、師匠と闘球氏が同時に、

「これはお薄だから、そのままで抹茶を入れてから、開ければいいんですよ」

といってくれた。あれだけ抹茶を入れてから水指の蓋を取ると覚えていたのに、いまだに混同してしまうのが情けない。棚に荘るときに、柄杓を湯返しするのを忘れそうになったが、四角い棚なので上向きにするのは忘れなかった。

甲赤と茶杓を拝見に出している間に、私は水次をしなければならない。四本柱の棚なので水指は前に出すと決められている。水指を棚の前に出して蓋は横に立てかける。水を補充して水屋に戻り、拝見が終わるのを見計らって茶室に戻り、客人と問答をし、それが終わったら甲赤を左手に受け、茶杓を右手に持って、ずりずりと座ったままで水指の正面を向き、茶杓を水指の蓋の上に仮置きをする。左手に甲赤を持ったまま右手で引き出しを開け、甲赤を右手に持ち替えて中に入れる。茶杓を右手に持ち左手に

持ち替えて水屋に下がるのである。干菓子は老松のクリスマス仕様のかわいい御菓子だった。

大海を取り落とす

そのまま続けて江岑棚でのお濃茶の稽古をした。引き出しのなかに甲赤が入っていて、準備として濃茶のお茶入を棚の前に置く。お茶入は大海である。もちろん仕覆は長緒だ。お稽古をしている以上、いやだとか苦手とかはいっていられないので、腹を括《くく》って仕覆を脱がせはじめた。大海を取りだし、仕覆の長い紐を扱うのもところどころは覚えているが、完全ではないので、師匠が、

「お仕覆の端をしっかり持って、一度、紐を引いてよじれを直して……」

といってくださるのが頼りである。仕覆は左手で天板の上に置いた。

この日はどうも指が滑るような感覚があった。指先にまで水分が行き届かない、前期高齢者の私の肉体的問題なのだろうか。大海の胴拭きをしているときもそうだった。そしてお茶を点てるとき、大海から茶杓で三杓、抹茶を掬って、傾けて回し出しをはじめたとたん、

（ああ、何だかつるつる滑る感じがする）

と思ったとたん、楽茶碗の中に大海を落としてしまった。

「わっ、大変、すみません」

といって大海を持ち上げたのと同時に、白雪さんがティッシュペーパーを持って、ものすごい速さでやってきて、

「どうぞ、これで」

と差し出してくださった。師匠も水屋にあるティッシュペーパーを持ってきてくださった。畳の目に抹茶が入り込むと、厄介なのである。

「ああ、本当にもう、申し訳ありません。お道具に傷がつかなかったでしょうか」

畳の上にティッシュペーパーに包んだ大海を置いて、

「失礼しました」

とお詫《わ》びをし、再び、

「お道具に傷がついていたらどうしましょう」

と師匠にいうと、

「大丈夫でしょう」

とのんびりおっしゃった。本当に大丈夫なのだろうかと、楽茶碗を見ると、欠けたりはしていないようだった。大海も見る限りでは無傷のようである。

(ああ、お点前を覚えるどころじゃない……)

がっかりしつつお茶を点ててお出しした。先輩方はありがたいことに、「おいしい」と褒めてくださったが、大失敗をしてしまった私の心中はどんよりしていた。

「みんな何かやらかしていますから」

先輩方は笑っていたけれど、やらかした衝撃の大きさに心底がっかりした。主菓子のとらやの柚子を象った「柚形《ゆがた》」をいただいて、少し気分が落ち着いてきた。

先輩方の口伝のお稽古

先輩方には師匠から、

「予習をしておくように」

と事前通達があったようで、二人は真顔で、お点前の段取りを確認していた。唐物《からもの》のお稽古で、文琳《ぶんりん》というお茶入がどうも偉いらしい。その文琳は、ころんとした小さく丸い形で、とてもかわいらしい。が、お点前はとても複雑だった。お茶入の胴拭きが逆廻《まわ》りだし、襖を開け閉めするときも必ず両手の指先をつくし、お茶を茶碗に入れ終わった茶杓は、お茶入の蓋の上に置くのだが、このお点前ではお茶入の蓋に、掬う部分の櫂《かい》先をひっかけて置いている。そのうえ帛紗のたたみ方が、とにかく小さく小さく折り、その上に文琳をのせたりするのだ。そのたたみ方も二種類あるようで、たたんだ何枚目かの角をつまんで垂らすと、正しくたたまれているのがわかるそうで、先輩方がとにかく小さくたたんでいるのを、

(大変そう)

と眺めていた。その柄の目印もない、小さくたたまれた帛紗のひとつの角を取り、

「ああ、これで合っていますね」

とうなずき合っているのを見ていると、まるで手品のようだった。

客人役の私としては、前にも書いたが、それに見合った扱いをしなくてはならない。

(これはまず、ご由緒は聞かないといけないようだ)

と気がついた。多くの場合、お茶やお茶入がいちばん偉いのはわかっているけれど、なかには水指がいちばん偉いときがあるというから侮れない。まさか亭主にうかがって、水指がたいしたものではなかったら、恥をかかせてしまうし、一品物なのにそれ

に気づかず、亭主から説明させるのもまた失礼だし、どっちにしても失礼にあたる。客人もお道具を見る目がないとだめらしい。

問答は「ご由緒云々《うんぬん》」と聞くことで乗り切った。

「このお点前では御菓子を三種類出すのが決まりなのですよね」

と師匠がいっていた。先輩方のお稽古が終わった後に聞いたら、唐物のお稽古は「四ヶ伝《しかでん》」といい、テキストはなく師匠からの口伝だという。

「何？　テキストがないっ？」

テキストがあってもこんな体たらくなのに、あんな難しいお点前が口伝とは。私の前に立ちはだかる山は、ますます高くなるばかりなのだった。

第十二章　この先もお茶を

今年最後の稽古日

　とうとう今年最後のお稽古日《けいこび》になった。お茶室にうかがうと棚はなく、床の間には銅鑼《どら》と深紅の菊が一輪、飾られていた。その菊の色と銅鑼を打つ道具（バイというらしい）の柄の色が同じ、というのが美しい。

（これが炉開きのときに鳴らされた銅鑼なのか）

　としげしげと眺めてしまった。

「今日の御菓子はどら焼きなので、銅鑼を出しました」

　先週、雑談のなかで、うさぎやのどら焼きの話が出たので、買ってきてくださったらしい。

「朝一番でいったら誰もいないだろうと思ったら、すでに三人の先客が並んでいたのよ」

デパートでもスイーツを買うのに、長蛇の列になっているのはよく見かけるが、名前が知られた和菓子店でも、同様の現象が起きているようだ。

「今年最後なので、お濃茶とお薄も平点前《ひらてまえ》にしましょう」

はやく何の失敗もせずに、平点前ができるようになりたい。今年最後の日に、一回もやらかさないで、お点前を終われればいいが、と思いつつ、

「最初はお薄で」

と申し出て、水屋《みずや》で準備をはじめた。

「このお茶碗、使ってみませんか。闘球さんからお預かりしているものだけれど、素敵でしょ。使っているとまた味わいが出てくるから」

師匠が取りだしたのは、乳白色の本体で縁の部分が黒く塗られている、口が開いた大きめのお茶碗だった。内側は淡い桃色も感じられて、とても雰囲気のあるお茶碗だ。

「『皮くじら』っていう名前なんですよ」

鯨は皮は真っ黒なのに、切ってみるとその下は真っ白なので、その名前がついたという。闘球氏のご親戚に茶道具のコレクターがいるとのことで、彼が茶室に預けてい

る茶碗がいくつかあり、柄や形がバラエティーに富んでいて、どれも素敵なのだ。

「わかりました。はじめて使うのは緊張しますけど、使わせていただきます」

その茶碗のなかに、茶巾《ちゃきん》、茶筅《ちゃせん》、茶杓《ちゃしゃく》を仕込んだ。今日こそは失敗したくないなぁと思いながら、お点前をはじめた。炉に変わってすぐのときは、とまどったものの、炉の前に斜めに座るのにも慣れてきた。しかし最短距離を歩こうとして、途中で気がつき、

(そうだ、軍隊方式で、まっすぐ進んで方向転換をするんだった)

とやり直した。

自分では珍しく、特に問題なくお点前ができていると思い、茶杓を手にして、

「御菓子をどうぞ」

といい、棗《なつめ》を取って抹茶を入れ、お茶を点《た》ててお茶碗の正面とおぼしき位置を客人のほうに向けて出した。白っぽいお茶碗に抹茶の緑色がとてもきれいに映っている。

(ああ、何とか無事に点てられた)

とほっとしたとたん、私の目の端に映ったのは、水指の黒い蓋《ふた》だった。

(ぎゃー、またやらかしてるう!!!)

お前は何度、同じ過ちを繰り返すのだ、と自分で自分を罵倒しつつ、師匠に、

「蓋を開けるのを忘れました……」

と報告した。

「ああ、そうねえ。そういうときはあわてずに、知らんぷりして開けちゃう」

自分でスムーズだと思ったときほど、やらかしているのは相変わらずだ。薄茶をやらかしなしで点てるという夢は無残にも打ち砕かれた。誰が悪いわけでもない。私がいちばん悪いのである。

一瞬、がっかりしたが、この薄茶は自服をするので、ささささっと客人が座る場所に移動して、師匠が出してくださった、どら焼きを食べた。このうさぎやのどら焼きは、粒餡《つぶあん》がおいしいのはもちろん、皮がしっとりとしている。久しぶりにうさぎやのどら焼きを食べたら、とてもうれしくなり、水指の蓋を開け忘れたのは、やっちゃったものはしょうがないので、諦《あきら》めることにした。自分で点てた薄茶の味は、最初の頃よりはましにはなったけれど、まだまだだ。

問答を間違える

釜の蓋がのっている蓋置の横に飲み終わった茶碗を戻し、急いで居前に戻り、帛紗《ふくさ》をつけた。それから片づけに入り、釜に水を入れて蓋を閉めると、師匠から拝見のお願いがあった。以前は拝見といわれると、

(あれっ、次に何をするんだっけ)

と拝見のことばかりが気になり、手順をすっとばして棗を手に取って清めようとして、頭の中が真っ白になったが、

「拝見の声がかかったら、まず柄杓と蓋置を片づける」

というシステムがやっと私の中に組み込まれたので、このあたりは問題なくできた。柄杓、蓋置、建水《けんすい》を持ち帰り、茶碗、水指を水屋に下げている間に、客人役の師匠の棗、茶杓の拝見が終わり、問答がはじまった。

「結構な品々をありがとうございました。お棗のお形は」

「利休形《りきゅうがた》でございます」

「お塗りは」

「京塗りでございます。片輪車の模様が入っております」

すると師匠は、

「あのう、模様ではなく、蒔絵《まきえ》といっていただけると……」

と笑いを堪《こら》えている。

「あっ、申し訳ありません。片輪車の蒔絵でございます」

「お茶杓のお作は」

「我が師でございます」

「何か御銘《ごめい》はございますか」

「冬こもりでございます」

「季節にふさわしい御銘でございますね。ありがとう存じました」

ああ、終わったとほっとしつつ、そして大きな悔いも残しつつ、棗と茶杓を持って水屋に下がった。

「また水指の蓋を開けるのを、忘れました。もう、がっかり」

「ああ、まあ、ねえ。そういうこともありますよ」

師匠が慰めてくれたが、私にはそういうことがありすぎるのである。

そこへ白雪《しらゆき》さんと闘球氏が到着した。白雪さんも置いてある銅鑼に驚いていた。

「叩《たた》いてみたら」

師匠の声に迷っていると、白雪さんがバイを手渡してくれた。水屋にいる師匠が、

「下から上へ打つのですよ」

と教えてくれたので、まず下を軽く打ってみると、心地よい音が鳴った。思わず白雪さんと顔を見合わせて、同時に、

「いい音」

といってしまった。次に真ん中を打つと、もう少し重厚感のある音が出た。いわれたように下から上に打ってみると、そのわずかな音が共鳴して、何ともいえない柔らかく優しく心地いい音が流れた。こういった打楽器の音をたくさん聞いたわけではないので、たとえが適しているかわからないが、ものすごく上品で響きのいい除夜の鐘の音を聞いたような感じがした。

銅鑼の音に感動していると、師匠が、

「どちらか初炭手前をなさいませんか。じゃんけんをして負けたほうとか勝ったほうとか」

という。私と白雪さんはお互いの顔を見ながら、ダチョウ倶楽部《くらぶ》みたいに、

「どうぞ、どうぞ」

と譲り合い、結局、私が、

「復習しましたが掃き方しか覚えていないので、今日はやりません」

と拒否したため、優しい彼女が、

「はい、私がやります」

と手を上げてくれた。申し訳ない限りである。とはいっても勉強なので、炭斗《すみとり》にお道具を入れるのをそばでじっと見ていた。炉の初炭手前は教えていただいたはずなのに、炉縁《ろぶち》の掃き方や、灰器を置く場所、紙を四つ折りにした紙釜敷を、最後にデコピンみたいにして、ちりを払うのは断片的に覚えているけれど、それがまったくつながらない。先週教えていただいた、後炭手前も同じである。まだ脳の隙間に炭手前の手順がねじこめる状態ではないのだ。

白雪さんはスムーズに炭手前をこなし、炉の灰の上にのせた練香《ねりこう》がすぐに香りはじめた。今まででいちばん香りが強い。「彩雲」という名前のお香だそうだ。釜を五徳の上にのせるのも一回で水平に置くのを見て、

(慣れるとこういうふうにできるのか)

と眺めていた。こちらも数をこなさないとだめなのだろう。帛紗捌《さば》きは家でも練習できるし、お道具類が手元にあればお点前の練習ができないわけではないが、炭手前の稽古は家では絶対にできないので、お茶室で覚えるしかない。もうちょっと復習して、手順を飲み込まないと私には無理そうだった。

台天目のお点前

白雪さんの炭手前が終わると、師匠が先輩方に、

「それでは今日はお二人に台天目《だいてんもく》をやっていただきましょう」

といった。するとまた二人は、先週と同じようにさっと集まって、何やら手順を相談していた。例のテキストがない口伝のお点前のようだ。前に一度、建盞《けんさん》天目の名前を教えていただいたときに、見学したのと同じお点前かもしれない。おちついていた炉の火が元気よく熾《おこ》ってきた。


闘球氏が、きれいな水色に金色の縁取りがあるお茶碗を、天目台にのせて運んできた。天目台は黒塗りで、天目茶碗をのせる器の部分を酸漿《ほおずき》といい、それを受ける形で羽根と呼ぶ皿があり、その下に高台とよばれる低い台がある。一体型なのでパーツを

重ねて使うわけではない。いつもは茶碗を両手で持ち出すので、黒塗りの台にのっているだけでも、「すごい」雰囲気が漂っている。

台天目のお点前では、茶碗を扱うときは常に亭主は両手だし、畳の上に絶対に直に置かない。茶杓も竹ではなく象牙である。前週と同じく、帛紗を小さくたたみ、茶入の胴拭きも逆回り、茶杓を清める途中で、帛紗から刀を抜くように抜いたりする。

そして茶入、茶杓を清めた後に、建水などを運び出した。私が習った薄茶、濃茶のお点前とは、お道具を持ち出す順序が違うのだ。それに茶筅《ちゃせん》通しのときに、茶筅を茶碗の縁に少し当てて、かたんと小さく音を立てるのだけれど、その音も立てない。とにかくすべて丁寧に茶碗を扱う。私は前週、茶入の大海を楽茶碗《らくちゃわん》に落としたのを思い出し、もしもこのお点前でそんなことをしたら、昔だったら切腹ものではなかったのかと恐ろしくなった。

このお点前で使う茶入は前週と同じ唐物の文琳《ぶんりん》だった。これは回し出しをせずに、茶杓で中の抹茶を掬い出す。茶入の胴をつかめるので取り落とすリスクは少ないけれども、丸っこい形なので、何が起こるかわからない。おっちょこちょいで命を落とすのはいやだなあと思いながら、テキストがない複雑なお点前をじっと見ていた。御菓子は主菓子の越後屋若狭の「朝路餅」をはじめ、干菓子は塩芳軒《しおよしけん》のふやき、小さな陶器の高坏《たかつき》に入れられた、老松のクリスマス菓子などをいただいた。

その大切なお茶碗で点てられたお茶をいただくときには、縁外にひいたら、縁内に自分の古帛紗を出して畳の上に広げ、その上に両手で茶碗を置く。正面をよけるときは、いつもは右手に茶碗を持ち、左手のひらの上で時計回りにまわすけれど、古帛紗の上で両手でそっと正面をずらす。そして古帛紗《こぶくさ》ごと持ち上げて、直接茶碗に触れずにお茶をいただくのである。自分の分を飲み終わったら、両手で茶碗を元の黒塗りの台の上に戻し、古帛紗を懐中してから天目台の羽根を両手で持ち、縁外で次客の側に寄せる。最低限しか茶碗に触れてはいけないのだった。

亭主に茶碗を戻すときは、両手で羽根を持ち、次に左手を上、右手を下にして、九十度動かし、そして同じ動作をもう一度繰り返すと、百八十度回転して、茶碗の正面が亭主のほうを向く。とにかく客人はもちろん、亭主は茶碗を扱うときは両手、襖《ふすま》を開け閉めするときも、使っていないほうの手は膝上ではなく、お辞儀のときの手つきで畳につけ、お茶碗に礼をし尽くすといった雰囲気なのだった。

お道具を清めるときに、また登場したのが、小さく帛紗をたたむやり方だけれど、お茶を点てる前とはたたみ方が違っている。帛紗の捌き方は私が習って今やっている一種類ではなく、お稽古が進むにつれて、覚えなければならない他の捌き方があるらしい。先輩方のお点前では、四角に小さくたたみ続けるのと、小さくたたんだ後、三角形を作って下側を折り上げるものと、二パターンあり、調べてみたら、私が最初に教えていただいたのは「草」、四角に小さくたたむのは「真」、三角形にするのは「行」と名前がついていた。たしかお辞儀にも、手の付きかたと上体の倒し方の角度によって、真、行、草というのがあったのを思い出した。帛紗もそれに準じて、丁寧さの度合いが違うのかもしれない。

とても覚えられるとは思いません

拝見のときは、いつもはお茶杓について、

「御作は、ご銘は」

とたずねるのだが、このお点前の場合は、

「お茶杓のお好みは」

というと師匠に教えていただいた。亭主は、

「利休好みでございます」

と答えればよいという。銘やいわれがあれば、続けて亭主が話してくれるだろうから、客人がたずねる必要はないようだ。白雪さんが、

「お茶碗についてうかがうのは、どのタイミングがよいのでしょうか」

とたずねると、師匠が、

「いつもと同じようにお茶碗が戻ったときにおたずねします」

と教えてくださった。

続いて白雪さんも同じ台天目のお点前をした。二回、同じお点前を見学していても、細かい部分は私の頭にはまったく入っていなかった。断片的な記憶が全然、つながらない。

「群さんも、いずれはこのお点前を」

と師匠はいってくださったが、

「とても覚えられるとは思いません」

とお返事した。とにかく丁寧すぎるくらいに丁寧にお茶碗を扱うので、お点前の時間もとても長くなる。四十分以上かかるだろうか。丁寧で難しくて長いお点前なのだ

った。

次は私のお稽古の番でお濃茶を点てた。茶入を出して、仕覆《しふく》を整えているとき、

「紐《ひも》を整えるときは、中央から左右にのばすようにして」

と師匠から注意を受けた。前にもいわれたことだった。皺《しわ》を伸ばそうとして、つい左手の指で布の端を持って右側にしごいてしまった。「茶筅通しのお湯を茶碗に入れたら釜の蓋を閉める」「水指の蓋の上を拭いてから、茶碗を引いて茶巾をのせる」のを忘れないように、そこだけを気をつけていたら、まあそこは何とかクリアできたが、茶碗が戻ってきて、中をすすぐときにうっかり水を入れそうになった。師匠が、

「あっ」

とおっしゃったのに気がついて、一瞬、水指のほうに向けた柄杓を持った手を、すっと釜のほうに移動させて、

「間違えました」

と謝りつつ、何とか最後までたどりついた。

「もうお濃茶は大丈夫そうね」

師匠はいってくださったが、大丈夫なんてとんでもなかった。第一、薄茶はもちろ

ん、濃茶のお点前も完璧《かんぺき》ではなかったし、自分では納得していない。どうしてぼろぼろと記憶がこぼれ落ちるのか理由がわからなかった。これも年齢のせいなのだろうか。

リサイクル帯

年が改まり初稽古を控えていた。初稽古のときも着物をと決めていたけれど、いざとなるとなかなか決まらない。たくさんあって決められないのではなく、その場にふさわしいものをほとんど持っていないから、ないのである。かといって新しく誂《あつら》えるのも、と悩んでいたが、なるべく手持ちの着物で、その場にふさわしい装いに近づけるように考えるしかない。

それに関しては、帯を替えたほうがいいのではないかと思いついた。私が持っている着物は紬《つむぎ》がほとんどなので、それにはよく八寸帯を合わせていた。しかし師匠の着物姿を見ると、紬でも締めているのは九寸帯である。そのほうが八寸帯よりも、改まった感じがするなあと、今までほとんど持っていなかった九寸帯を探すことにした。

といってもお稽古用なので、

「こういうときこそ、リサイクル」

と、今まではほとんど関心がなかった、和装のリサイクル店のサイトを、熱心に見るようになった。私は裄《ゆき》が短いので、着物を見つけるのは大変なのだけれど、帯は寸法を細かくチェックする必要がないので買いやすい。いくつかのサイトを見比べて、気に入ったちりめん地の染帯が見つかり購入した。しかし届いてみたら、色も柄もまったく問題ないのに、ものすごく臭い。良心的なサイトでは、その匂いについても書いてくれているところがあるのだが、そこはそうではなかった。

二度とこのサイトでは買うまいと、ちょっと気分を害しながら、とにかくこの、かわいいけど臭い帯を何とかしなくてはと、大きなビニール袋にその帯と、冷蔵庫用の大型の炭の脱臭剤を入れて、輪ゴムで固く口を絞って、脱臭剤が臭いを吸着してくれるのを待った。半月が経って袋を開けてみたら、やはりまだ臭いので、また輪ゴムで口を絞った。それからひと月半後、袋の中の匂いを嗅いでみると、ずいぶん薄らいでいたので、こうなったら部屋の中に広げて、空気にさらしたほうがいいのではと、たたまずに部屋に広げておいた。それからしばらくしたら、臭いはまったく消えていた。柄が趣味的なので、この帯はふだんのお稽古用である。

新年初稽古の着物

それで初稽古の着物選びである。前々から持っている色の薄い柔らかものを一月にと、考えていたのだけれど、お稽古だし自分のお点前の能力を考えると、どうしても汚れが目立つ薄い色のやわらかものを選ぶ気分にはなれなかった。他に何かないかと着物ファイルを見ていたら、昔、誂えた、紬の控えめな裾《すそ》模様があったのを思い出した。

これは白生地を好きな焦茶色に染め、裾にほぼ十センチ感覚で、小さな梅、松葉、笹を並べて描いてもらった。裾回しには、着物スタイリストの秋月洋子《あきづきようこ》さん（書道家の秋月李雨《りう》さんでもある）にお願いして書いていただいた、樋口一葉《ひぐちいちよう》の和歌を染め抜いたものを使っている。梅、松葉、笹も、友禅のようなリアルな雰囲気ものではなく、どこか愛らしい感じなので、正式な場に向くというよりも、街着の感覚で着られるものだ。これだったら上半身には柄はなく、ほとんど紬の色無地のようだし、これにしようと決めた。

問題は帯である。かわいくて臭かった帯はこの着物には合わない。以前、この着物を着たときは、白地に甲冑《かっちゅう》の縅《おどし》の柄のすくいの袋帯を締めた。しかし洋服でお稽古していても、ふと気がつくと抹茶を付けてしまうので、なるべく帯であっても白地は避けたいと、伊兵衛織《いへえおり》の入子菱《いりこびし》の名古屋帯と、作家物の草木染の吉野間道《よしのかんとう》の名古屋帯を候補にした。着物にのせてみると、入子菱は無地なので、上半身が無地に無地となってしまうのが気になり、吉野間道に決めた。襦袢《じゆばん》は何度も手入れに出して丈が縮んだもの。風が強くて寒かったので下に防寒用肌着を着込んで出かけた。

師匠は黒地の江戸小紋に、銀地にピンクや赤の花柄が並んでいる、かわいい袋帯だ。かわいすぎるのではと、師匠はおっしゃっていたが、「帯に派手なし」である。お似合いなのだからいいのである。白雪さんは焦茶の地に雪の結晶が飛んでいる小紋に、何ともいえない青みのある緑色の地の七宝《しつぽう》のなかに、黄色やオレンジでオリエンタル風の柄が織られている袋帯。鹿がそのなかに横一列、ずらっと並んでいる。見たことがない色合い、雰囲気の素敵な帯だ。

着付けについては、幅をゆったりめ、着丈を短めにと気をつけた。身幅のほうは脚を開いて着たので、ゆるみはできたが、丈は前から着ていたように長めのままになってしまった。ぐいっと脚を前後に開いてみたが、ぐっと締まって開かない。そこで無香料の静電気防止剤を肌着から襦袢に噴霧したら、スムーズに脚が開くようになった。

それはよかったのだが、着た直後はちゃんとしているのに、しばらく動くとまた着物の後ろ衿《えり》から襦袢の衿が少し出てしまう。衿幅の寸法はきちんと合わせているはずなのに、どうしてこういうふうになるのだろうかと、理由がわからない。闘球氏は、

「女性方は、みなさんお美しくされていますが、私はふだんと同じ」

と笑いながら、お稽古用のジャージに穿《は》き替えていた。

それはここでは聞いてはならない

師匠からはお年賀として、新しい茶扇《ちゃせん》、懐紙を二帖いただいた。今年の茶扇は親骨が塗りだ。扇面には朱色で七宝の柄がグラデーションになっている。懐紙には茶花の透かしが入っていた。まずは席入りのお稽古からはじまった。炉開きのときと同じように、まず床のお軸、それからお釜、水指と拝見していく。年功序列というので、闘球氏の次は、年下の姉弟子の白雪さんを差し置いて、私である。お軸は「□意竹情」の四文字だった。彼の次に待機していた私は一文字目がわからなかった。彼が、

「これは何と書いてあるのですか」

とたずねると、師匠が、

「それはここでは聞いてはだめです」

という。いろいろな作法があるのだ。

次に私が、いただいたばかりの茶扇の要を右にして膝《ひざ》前に置き、お軸を拝見した。師匠の名前と八十三歳という為書《ためがき》きらしい文字が書かれている。ん？　と思ったが、ここでは何も聞いてはいけないとのことなので、黙って次に移動した。そのときまた私はやらかした。その日はいつもと違って、長板の上に水指がのっていたのだが、その大ぶりな水指をはじめて見たのと、その形の面白さ、蓋の色合いに惹《ひ》かれて、引きつけられるように、まっすぐそこに行こうとしたら、あわてた師匠に、

「お釜が第一ですから、まずお釜を拝見してください」

と止められた。

「すみません。戻ります」

ずずっと下がって炉中のお釜を拝見した。見たこともない裾広がりの形状の小さめのお釜だった。全体につぶつぶがあり、こういうつぶつぶだらけの鉄瓶を見たことがあった。そして次に水指である。この水指は筒状ではなく、下から上に開くような形になっていて、直径は二十二センチくらい。このような縁の形状をはじめて見たが、

たとえば紙に○を書いて、子どもに、

「お花にして」

といったら、円周にそって丸い花びらを描き連ねていくと思うのだが、そのお花が描き上がったときの絵が、この水指を上から見た形状なのである。そして円ではない花びらの部分までぴったりと作られている、塗りの蓋がついている。またその蓋の色が、飴色《あめいろ》でおいしそうというか、表面張力を感じるというか、フォンダンショコラそのままというか、食い意地の張っている私が、茶道にとって大切なお釜を無視して、その水指に一直線に進もうとしたのも、そのせいである。

ひと通り拝見し終わってから、客それぞれの位置に座ると、師匠から説明があった。

「このお軸は最初の文字がわかりにくいのですが、『花』と書いてあります。『花意竹《かいちく》情《じょう》』は書道ではよく書かれる言葉だそうです」

これは師匠が出版社に入社して間もなくの二十三歳のときに、仕事で会った奈良の博物館の館長をしていた八十三歳の方が書いてくださったそうだ。茶花は師匠のお宅に咲いている紅と白が混ざっている椿《つばき》だ。

はじめて見たお釜は、「霰《あられ》富士釜」という名前で、たしかに富士山によく似ている。

今まで見たお釜のなかで、いちばん小さい。

「それでは初炭をどなたかに、やっていただきましょうか」

師匠の言葉に私は首を小刻みに横に振りながら、

(私はまだまだできませんよ。おまけに今日は着物ですから、きっと前が全開になると思いますよ。おまけに羽箒《はぼうき》を燃やしそうになったり、練香を焦がしたりしますよ)

と念を送っていると、年長の兄弟子の闘球氏が、

「それではわたくしが」

と立ち上がった。ああ、よかったとほっとした。炭手前を拝見していたが、ほとんど見事に忘れていた。練香を炉の中に入れた後、蓋をしめたら香合の拝見を請う合図なのだが、私がぼーっとして忘れていると、彼がじーっと私の顔を見ていた。隣の白雪さんが、

「ほら、香合が……」

と教えてくださったので、はっと気がつき、

「お香合の拝見をお願いします」

とお辞儀をした。初稽古の香合は、ぶりぶりという形だった。ぶりぶりとは子ども

のおもちゃだそうで、車と紐がついていて、紐をひっぱると、ぶりぶりと音がしたので、この名前がついたのだとか。やや丸みのある八角形で、横長の蓋物だが、これまで見た香合のなかでいちばん大きい。長さが十三センチ、幅が四センチくらいある。

「本物はもっと大きいのですよ」

師匠が博物館で現物を見たという。子どものおもちゃなので、もっと小さいものかと想像していたら、実際、香合が大きいのでびっくりしたが、現物はもっと大きいとは。ぶりぶりには鶴が二羽と松、そして小さな亀も描かれていて、とても愛らしい。

次にそのまま彼が濃茶のお点前担当になった。仕覆に包まれた小さな茶入を、華やかな水指の前に置いた。

「あっ、そのお茶入、かわいいですよね」

白雪さんがうれしそうにいった。闘球氏もうなずいている。私がその仕覆を見るのははじめてだったので、茶入もはじめて見るものに違いない。

主菓子は、とらやの「花びら餅」だ。以前、お稽古をした縁高に入れられて登場した。ずいぶん前に花びら餅というものを知ったとき、

「御菓子にゴボウ？」

と不思議に感じたのだが、食べるとこのゴボウがなくては、という気持ちになる。

おいしい御菓子をいただいて、今年はじめてのお濃茶をいただくのが楽しみになってきた。

やらかし放題の新年初稽古

お点前がはじまって、闘球氏が仕覆を脱がせると、中から出てきたのは、高さが六センチほどなのに、たたずまいが堂々としているお茶入だった。

「あら、かわいい」

思わず口に出すと、白雪さんが、

「スター・ウォーズのヨーダみたいですよね。お道具のフォースを操るというか」

といった。

「本当。存在感がすごい」

象牙の蓋がちょっとだけゆがんでいるのも趣がある。師匠や闘球氏によると、小さいし表面がつるつるしているので、扱いが難しいのだそうだ。ヨーダが小さいので、仕覆も小さくてかわいい。

平点前では清めた茶入、茶筅は、炉縁の角と水指を結んだライン上に並ぶように置くのだけれど、長板があると水指の左前の畳の上に茶入、水指を頂点に正三角形を作るように離して右前に茶筅を置くところが違っている。お茶碗は皮くじらで、お点前に準じてヨーダからお茶を取りだしていると、

「わたくしもお相伴《しょうばん》しますので、四人分でお願いします」

と師匠がいった。

「えっ」

彼は茶杓を持った手を一瞬止めて、

「そんな量を点てたことがないので……」

といいながら、釜からお湯を注いだ。彼の炭手前によって、火の熾りがよくなったのと、富士釜が小さいことと相俟《あいま》って、ものすごい勢いでお湯が沸いてきた。富士山が噴火しているかのようだ。

濃茶のお点前をしたときの、兄弟子、姉弟子、私の不安は、「ダマができていないか」になっていた。正客がひと口飲んだときに、亭主が、

「お服加減はいかがでしょうか」

とたずねるのが決まりなのだけれど、最近はその後に、「ダマはありませんでした」「ひとつありました」などとひとこと添えるようになった。

師匠が闘球氏の手元を見ながら、

「まずお茶とお湯をなじませるようにしてから練ってみてください」

という。お湯の上に浮いているお茶を、茶筅で静かになじませてから練っていく。三人分の濃茶を練るのも結構、大変なのに、一人、人数が増えただけで、相当感触は違うのだろう。

いつもと同じように闘球氏が点てたお茶はおいしく、ダマもなかった。茶入、別名ヨーダは、肩衝《かたつき》という形だった。茶杓は作家物で、銘は「相生《あいおい》」とつけられていた。仕覆の裂地《きれじ》は「相阿弥緞子《そうあみどんす》」で、かなりの年代物と思われた。地色は薄いグレーのように見えるが、もとは違う色だったかもしれない。模様もほぼ地色と一体化していて、老眼鏡をかけていない裸眼の私には、判別がつかなかった。

「相阿弥は人名ですよ」

と師匠に教えていただいた。

次は私の薄茶点前で、水屋に見慣れない紫色の地に、松と竹、反対側に梅の模様がある、ぽてっとしたかわいいお茶碗があったので、それを使うことにした。棗は黒地に金、銀の砂子《すなご》で遠山《とおやま》を描いたもの。茶杓は闘球氏が使ったのと同じものだ。濃茶のときと同じように、清めた棗と茶筅を水指の前に置き合せる。はじめて使った銘のついた茶杓は、とてもお茶が掬《すく》いやすかった。薄茶は二杓入れるので、そのつもりで二杓目を掬い上げると、師匠から、

「それはちょっと量が多い」

とストップがかかった。そういえば先月のお稽古のときに、私が点てた薄茶を飲んで、

「うーん、薄茶と濃茶の間くらいの濃さかしらねえ」

とおっしゃったのだ。茶杓も一本ずつお茶を掬う櫂先《かいさき》の部分の角度や幅が違うので、同じ一杓でも分量が違う。それをよく考えずに、ただ二杓ならいいかと何も考えていなかったのが甘かった。

「抹茶の量が多すぎても、きれいに泡立たないのですよ」

二杓目を少なめに掬って茶碗の中にいれると、

「そう、そのくらいがちょうどいいですね。分量をよく覚えておいてください。それと棗の中の景色も、拝見のときに大切なので、中で山型になっているところからではなく、周辺から掬うようにね」

茶杓によってお茶の分量が変わり、茶碗によって注ぐお湯の量も違う。師匠が常々おっしゃるように、体感で何度も点てて覚えるしかない。

次に白雪さんが薄茶を点てた。師匠が、

「薄茶でも濃茶でもどちらでも」

というと、闘球氏と白雪さんが、

「群さんは薄茶を飲んでいないから」

と薄茶にしてくださったのである。ありがたいことである。干菓子は千本玉壽軒《せんぼんたまじゅけん》の「大内山《おおうちやま》　笑顔」。小さな包み紙の頂点にぽっちりと赤い点があるのがかわいい。中にほんの少しの大徳寺《だいとくじ》納豆が隠れている。お稽古のそこここにかわいいがあるのだった。

今日は一人二回ずつお点前をするので、今度は私が濃茶を点てる番になった。いつもは古帛紗がいらない、楽茶碗を使っているのだけれど、水屋の棚を見ると楽茶碗がない。楽茶碗でない場合はどうするかというと、亭主が懐中している古帛紗を二つ折りにしたまま添えて、客人に出す。客はその古帛紗を左手のひらに置いて開き、その上に茶碗をのせてお茶をいただく。私はそれまで、自分が懐中していた古帛紗を出し入れする手間を省こうとしていたのだ。しかしないものは仕方がないので、闘球氏と同じく皮くじらを使った。初稽古のときに使おうと購入しておいた、壽という文字と、鯱文が組み合わさった「壽《ことぶき》文字《もじ》鯱文《しゃちもん》風通《ふうつう》」の古帛紗を使うことになった。懐中している古帛紗を出したり入れたりするのも、うまくいかないので緊張する。

炉の濃茶点前では湯がさめないように、途中で帛紗を使って釜の蓋を開け閉めする。とにかく噴火の如く、湯の湧き具合がすごいので、蒸気に触れて我慢できずに、

「あちちちち」

といってしまった。するといつものように師匠と白雪さんがささっと釜に寄ってきて、

「少しずらしたらどうかしら。こちらのほうを開ければ熱くないかも」

といろいろと蓋の位置を確認してくださり、以後は、熱い思いをせずに済んだ。

「ありがとうございます。申し訳ありません」

と御礼を申し上げるしかない。みなさまのお助けによってお稽古が何とかなってい

るのに、初稽古でもまたやらかした。みなさまに濃茶を飲んでいただいたら、ダマがあった。茶碗と古帛紗が戻ってきたので、茶碗を手に取ろうとすると、師匠から、

「待って」

と声がかかった。

「古帛紗は添え物なので、まずそちらから片づけましょう」

それはそうだと納得しながら、古帛紗を右手で取り、懐中する。それを済ませてから、茶碗を取り上げるのが正しい。

その後の片づけでは、茶碗の中の緑色がとても目立つので、そこをきれいに流そうとして、つい柄杓で湯をまわしがけしていたら、師匠が、

「湯は回さない。まっすぐに落として」

と苦笑していた。

「ああー」

と焦っていると、闘球氏が笑いながら、

「気持ちは十分、わかりますけどねえ」

と静かにいった。恥ずかしい限りである。いいわけがましいが、水屋にある楽茶碗

は黒いので、お茶の緑色が残っていても、それほど気にはならなかったのに、皮くじらはお茶碗も大きめだし色も白いしで、ついやってしまったのだった。

「あとは水屋に下げるだけだから、汚れていてもそのままでいいのですよ」

「わかりました」

と小声でいいながら、内心は、

（あーあ）

である。そのうえ拝見に出すときに、茶入の胴拭きを忘れてしまった。蓋を開けたときに気がついて、

「あっ」

と声を上げたら、目の前に座っていた闘球氏が、

「胴拭き？」

と聞いてくれたので、

「そうです」

といって蓋を閉めて、蓋の上を清めるところからやり直した。初稽古からやらかし放題だ。

着物を着ていても、立ち座りは何とかできたが、他の方々からはどう見えていたかはわからない。白雪さんは着物を着ても、立ち座りがとてもきれいで麗しいのは相変わらずだ。お点前をしているうちに、長板の上に水、畳の上にも湯、水を垂らした。着物の上前《うわまえ》にも抹茶や水を垂らした。茶室を汚してしまうのはとても心苦しい。しかし自分の着物の上前が汚れるのは、天才バカボンのパパがいうように、今の私はそれでいいのである。

白雪さんが濃茶を点ててくださり、干菓子の福豆と共に、おいしくいただいた。家に帰ってから裂地の本を調べてみたら、「相阿弥緞子」は小花、扇面、宝尽くしの文様が同じ大きさで散らされている図柄とあった。足利義政《あしかがよしまさ》に仕えた画家、相阿弥が好んだ裂であるという。本の写真ではじめて柄がわかった。ヨーダがまとっていた仕覆は、相当、昔のものなのではないだろうか。今日もいろいろと学びが多かったが、それ以上に恥が多かった。初稽古はちゃんとしようと思ったものの、いつも通りだった。

ずっと続けていきたい

お稽古をはじめて一年、あっという間だった。恥をかきすぎているのに、やめる気持ちにならなかったのは、すべて、師匠のご人徳と、先輩方の優しさのおかげである。お茶を習ったおかげで、たくさんの事柄を知ることができた。第一、濃茶がどういうものかも知らず、この年齢になってはじめて口にした。炭手前があるのもはじめて知った。お点前で棚を使い、それによってお道具類を荘《かざ》る。同じ薄茶のお点前でも、バリエーションが豊富で、それに加えて、茶道のメインである濃茶のお点前のバリエーションが加わると、もう膨大な量になる。そしてその一部は口伝でテキストがない……。

闘球氏は前々から、自分はがさつな人間なので、それを直そうと思っていた。そして編集者として知っていた師匠が、茶室を披《ひら》くと知って通うことになった。白雪さんは高校生のときに部活で薄茶点前、歩き方などを習ったことはあったが、その後は茶道から遠ざかっていた。元同僚の闘球氏から、お茶を習っていると聞いて、一度、遊びに来たらと誘われたので、家の近所でもあるからと行ってみたら、雰囲気がとても素敵だったので、習うことにしたという。

闘球氏と私は、三十年以上を経ての再会だったし、すべて人のつながりで成り立ったのだなあと思う。この先、いつまで続けられるかはわからないけれど、師匠、先輩方、梅子さんにもご迷惑をかけつつ、お稽古を楽しみに、ずっと続けていきたい。

本書は書き下ろしです。

群　ようこ（むれ　ようこ）
1954年、東京都生まれ。日本大学芸術学部卒。数回の転職を経て、78年、本の雑誌社に入社。デビュー作『午前零時の玄米パン』が評判となって、作家専業に。『無《む》印《じるし》良《りょう》女《ひん》』をはじめとする「無印」シリーズで人気を博す。『かもめ食堂』『れんげ荘』『三人暮らし』『老いと収納』『老いとお金』『きものが着たい』『これで暮らす』など著書多数。

老《お》いてお茶《ちや》を習《なら》う

2024年３月25日　初版発行
2024年11月10日　再版発行

著者／群《むれ》　ようこ

発行者／山下直久

発行／株式会社KADOKAWA
〒102-8177　東京都千代田区富士見2-13-3
電話　0570-002-301（ナビダイヤル）

印刷・製本／大日本印刷株式会社

●お問い合わせ
https://www.kadokawa.co.jp/（「お問い合わせ」へお進みください）
※内容によっては、お答えできない場合があります。
※サポートは日本国内のみとさせていただきます。
※Japanese text only

定価はカバーに表示してあります。

ISBN 978-4-04-114849-5　C0095